Die Knickerbocker Bande

Thomas Brezina

# Der Computerdämon

Krimiabenteuer Nr. 58

Mit Illustrationen von Jan Birck

Ravensburger Buchverlag

DIE KNICKERBOCKER BANDE

# STECKBRIEFE

HALLO,
ALSO HIER MAL IN KÜRZE
DAS WICHTIGSTE ÜBER UNS:

## POPPI

**NAME:** Paula Monowitsch
**COOL:** Tierschutz
**UNCOOL:** Tierquäler, Angeber
**LIEBLINGSESSEN:**
Pizza (ohne Fleisch, bin Vegetarierin!!!)
**BESONDERE KENNZEICHEN:**
bin eine echte Tierflüsterin – bei mir werden sogar Pitbulls zu braven Lämmchen

## DOMINIK

**NAME:**
Dominik Kascha
**COOL:** Lesen, Schauspielern (hab schon in einigen Filmen und Theaterstücken mitgespielt)
**UNCOOL:** Erwachsene, die einen bevormunden wollen, Besserwisserei (außer natürlich, sie kommt von mir, hähä!)
**LIEBLINGSESSEN:** Spaghetti (mit tonnenweise Parmesan!)
**BESONDERE KENNZEICHEN:**
muss immer das letzte Wort haben und kann so kompliziert reden, dass Axel in seine Kappe beißt!

## AXEL

**NAME:** Axel Klingmeier
**COOL:** Sport, Sport, Sport (Fußball und vor allem Sprint, bin Schulmeister, habe sogar schon drei Pokale gewonnen)
**UNCOOL:** Langweiler, Wichtigtuer
**LIEBLINGSESSEN:**
Sushi … war bloß'n Witz (würg), also im Ernst: außer Sushi alles! (grins)
**BESONDERE KENNZEICHEN:**
nicht besonders groß, dafür umso gefährlicher (grrrrrr!)

## LILO

**NAME:** Lieselotte Schroll
(nennt mich wer Lolli, werde ich wild)
**COOL:** Ski fahren, Krimis
**UNCOOL:** Weicheier, Heulsusen
**LIEBLINGSESSEN:**
alles, was scharf ist, thailändisch besonders
**BESONDERE KENNZEICHEN:**
blond, aber unheimlich schlau (erzähl einen Blondinenwitz und du bist tot …)

Bibliografische Information Der Deutschen Bibliothek

Die Deutsche Bibliothek verzeichnet diese Publikation
in der Deutschen Nationalbibliografie;
detaillierte bibliografische Daten sind im Internet über
*http://dnb.ddb.de* abrufbar.

1 2 3 4 5 10 09 08 07 06


Umschlagillustration: Jan Birck
Printed in Germany
ISBN-13: 978-3-473-47098-3
ISBN-10: 3-473-47098-8

www.ravensburger.de
www.thomasbrezina.com
www.knickerbocker-bande.com

# INHALT

# RÄTSELHAFTER ÜBERFALL

Axel beachtete den dunkelbraunen Lieferwagen, der direkt neben dem Computerladen abgestellt war, nicht. Später sollte er sich über diese Unaufmerksamkeit sehr ärgern. Doch als er sein Fahrrad abstellte, beschäftigten sich seine Gedanken mit etwas ganz anderem. Prüfend ließ er die Hand in die Innentasche seiner Lederjacke gleiten und betastete die Geldscheine.

Endlich war es so weit. Endlich hatte er genug Geld gespart, um einen neuen Computer kaufen zu können. Seine Mutter war dagegen gewesen, und seinen Vater hatte er lange bearbeiten müssen, bis er zugestimmt hatte.

Welches Modell er wollte, wusste Axel genau. Er hatte sich für einen Computer entschieden, der all seine Anforderungen erfüllte. Natürlich mussten alle seine Lieblingsspiele darauf laufen. Außerdem wollte er ein leistungsfähiges Modem, um noch besser im Internet surfen zu können. Der Bildschirm sollte flach sein und der Rechner schnell und mit großer Speicherkapazität.

Der Computerladen sah von außen nicht sehr einladend aus. Die Eingangstür war aus Holz und uralt. Früher einmal hatte sich an dieser Stelle ein Hutgeschäft befunden, in dem unglaubliche Kopfbedeckungen aus Filz verkauft worden waren. Gerry Notaun, der Besitzer des Computerladens, hatte die alte Fassade nicht einmal frisch gestrichen. Es war ihm ausreichend erschienen, in die Schaufenster Plakate zu hängen, auf denen die neuesten Computermodelle angepriesen wurden.

Gerade als Axel die Tür aufdrücken wollte, hörte er ein Keuchen hinter sich. Sein Freund Dominik kam mit hochrotem Kopf angerannt und winkte.

„Konnte nicht früher. Die Probe hat länger gedauert“, schnaufte er entschuldigend.

„Kein Problem, Kumpel“, sagte Axel und öffnete die Eingangstür, von der die Farbe in dünnen Streifen abblätterte.

Das Innere des Ladens war schummrig. Die Bildschirme, die an den Wänden auf schmalen Tischen zur Demonstration aufgestellt waren, verbreiteten ein flimmerndes Licht.

In der Luft hing eine Ruhe, die unheimlich war. Bis auf das Surren der Computer war nichts zu hören.

Dominik polterte hinter Axel in das Geschäft und rückte seine Brille zurecht.

„Praktisch. Keiner da, man bedient sich selbst und geht!", scherzte er.

Normalerweise gab Axel nicht viel auf Gefühle. Das war mehr die Sache von Lilo und Poppi, die manchmal gefährliche Situationen wie Spürhunde wittern konnten. In diesem Fall aber fühlte Axel es auch: Hier war etwas nicht so, wie es sein sollte.

Er bedeutete Dominik still zu sein und sah sich genauer um. Seine Augen hatten sich an das Halbdunkel gewöhnt, sodass er große Stapel von Verpackungskartons ausmachen konnte sowie eine Ladentheke und ein hohes Regal, das mit in Plastik verpacktem Computerzubehör voll gestopft war.

Der Ladenbesitzer war nirgendwo zu entdecken. Das war mehr als ungewöhnlich. Gerry Notaun war dafür bekannt, dass er weder aß noch sonst ein menschliches Bedürfnis hatte. Jede Minute hockte er wie eine Glucke bei seinen Computern und ließ sie keine Sekunde aus den Augen.

Dominik und Axel sahen sich fragend an. Was hatte das zu bedeuten? Was sollten sie tun?

Schließlich sagte Axel laut: „Gehen wir wieder, komm!“ Er öffnete die Tür, die laut quietschte, und schlug sie heftig zu, so als hätten er und Dominik den Laden tatsächlich verlassen.

Die Jungen hielten die Luft an und warteten.

Noch immer war der Raum erfüllt vom Brummen der Computer.

Gedämpft und unverständlich drangen von hinten Stimmen in den Laden. Etwas fiel mit heftigem Poltern zu Boden. Axel erschrak. Die Geräusche ließen auf einen Kampf schließen.

Ein schwerer Schlag traf dumpf und ein Mensch stöhnte auf. Keine Sekunde länger wollte Axel untätig herumstehen. Er flüsterte Dominik zu: „Ruf die Polizei, schnell!“ Er selbst öffnete wieder lautstark die Tür und rief: „Hallo, Gerry, wo steckst du? Haaaallooo!“

Die Kampfgeräusche im Nebenraum verstummten augenblicklich.

In den Räumen, die sich hinter dem Laden befanden, knallte eine Metalltür zu. Axel sprang auf die Straße um zu sehen, wer das Haus verließ. Er hörte, wie ein Wagen gestartet wurde und mit quietschenden Reifen davonraste.

Eine Sekunde später ertönte ein schrilles Kreischen, das in den Ohren wehtat und sich nach viel verbogenem und verbeultem Blech anhörte. Axel ahnte, was geschehen war. Er bewegte sich nur bis zur Hausecke und sprang sofort wieder zurück, weil der dunkelbraune Transporter mit hoher Geschwindigkeit an ihm vorbeiraste. Nur einen Schritt weiter und Axel wäre gestreift worden.

Sein erster Blick galt dem Fahrrad. Das war die zweite Unachtsamkeit, die er an diesem Nachmittag

beging. In der Mitte geknickt lag das Rad auf dem löchrigen Boden der Straße, Lenkstange und Räder waren völlig verdreht. Es war Axels neues Fahrrad. Wütend rannte er dem Transporter hinterher, der aber schon zu weit entfernt war. Axel konnte weder das Kennzeichen noch eine Aufschrift oder irgendeine andere Besonderheit erkennen.

Wütend auf sich selbst stampfte er mit dem Fuß auf und kickte eine leere Blechdose hoch in die Luft. Schimpfend schaute er sich nach Dominik um, der soeben hinter einer Kiste mit Rollsplitt auftauchte. Er hielt das Handy noch in der Hand.

„Polizei kommt!“, meldete er.

„Hast du dich versteckt? Angst? Oder was?“, fuhr ihn Axel an.

Dominik schnappte empört nach Luft. „Du hast gesagt, ich soll die Polizei alarmieren, und genau das habe ich getan. Was ist daran falsch?“

„Nichts, überhaupt nichts!“ Axel machte eine wegwerfende Handbewegung und drehte sich zur Tür des Computerladens, die noch immer offen stand. In der Türöffnung tauchte die schlaksige Gestalt von Gerry Notaun auf. Er sah sehr mitgenommen aus und der Schreck stand ihm ins Gesicht geschrieben. Unter seinem linken Auge klaffte eine blutende Wunde.

„Tag!“ Er hob die Hand zum Gruß.

„Was ist mit dir geschehen?“, erkundigte sich Axel besorgt und musterte die Verletzung. „Wer waren die Typen?“

„Typen? Welche Typen?“ Gerry tat, als hätte er keine Ahnung, wovon Axel redete.

„Na die, die dich gerade niedergeschlagen haben!“, brauste Axel auf.

„Ich bin gegen den Türrahmen gerannt!“, meinte Gerry achselzuckend.

Dominik und Axel sahen einander völlig fassungslos an.

„Bist du sicher?“, hakte Axel nach.

Der Besitzer des Computerladens quälte sich ein Lächeln ab. „Ganz sicher.“

Das Martinshorn des Polizeiwagens ertönte in der Ferne und kam schnell näher.

„Das gibt Ärger“, stöhnte Dominik. Sie würden der Polizei erklären müssen, warum sie sie gerufen hatten.

Kopfschüttelnd stand Axel da und beobachtete Gerry aus den Augenwinkeln. Er hatte etwas zu verbergen, kein Zweifel.

Aber was und wieso?

# VERDÄCHTIG BILLIG

Die beiden Polizisten, die wenige Sekunden später aus dem Streifenwagen sprangen, erwiesen sich als überaus freundlich. Sie waren nicht verärgert, sondern erleichtert, dass sich der „Überfall“ als harmloser kleiner Unfall erklären ließ.

Dominik und Axel glaubten Gerry kein Wort, wagten aber nicht, ihm zu widersprechen. Schließlich ging es um seine Sicherheit, und sie würden nur dumm dastehen, wenn sie auf ihrer Geschichte beharrten.

Bald fuhr der Polizeiwagen wieder ab und Gerry machte eine einladende Handbewegung zur offenen Ladentür hin.

„Was führt euch zu mir? Was kann ich für euch tun?“

„Und du bist wirklich okay?“, vergewisserte sich Axel noch einmal.

Gerry lachte auf, als verstünde er Axels Zweifel nicht. „Ja. Wieso fragst du so komisch?“

„Nur so“, brummte Axel. Der eigentliche Grund seines Kommens fiel ihm wieder ein: sein neuer Computer! Er bohrte also nicht weiter nach.

Im Laden setzte sich Gerry auf die Kante des Ladentisches und sah Axel erwartungsvoll an. Dieser ging zu dem Computermodell, für das er sich bereits entschieden hatte, legte eine Hand auf den Bildschirm und sagte: „Den will ich haben.“

„Aha!“ Gerry schien von der Wahl nicht sehr begeistert zu sein. Er ließ sich von Axel erklären, was dieser von seinem neuen Computer alles erwartete, nickte bedächtig und verschwand durch den dicken Samtvorhang, der den Verkaufsraum vom Hinterraum trennte. Mit einem braunen Pappkarton ohne Aufdruck kehrte er zurück.

„Ich habe hier etwas viel Besseres und vor allem Billigeres für dich.“ Misstrauisch beobachtete Axel, wie Gerry einen Flachbildschirm, den Rechner und eine Tastatur aus dem Karton hob. Die Geräte waren in modernem Alu-Design gehalten und sahen ziemlich teuer aus.

„Billiger?“ Axels Stimme klang sehr skeptisch.

„Kostet nicht einmal die Hälfte des anderen!" Gerry deutete mit dem Kopf auf das Gerät, das Axel eigentlich hatte haben wollen. „Hat auch schon das Modem für den Internetzugang eingebaut, Grafikkarte für Spiele, alles da."

„Und wieso ist das Ding so billig?"

„Das ist so eine Werbeaktion dieser Firma", antwortete Gerry.

Dominik hatte ein gutes Ohr dafür, wie jemand etwas sagte. Dieses Gespür musste er haben, um als Schauspieler wirklich glaubhaft in verschiedene Rollen schlüpfen zu können. Für ihn klang es, als lüge Gerry.

„Ich kann dir zu dem Gerät nur raten", versicherte Gerry dem zögernden Axel. „Überleg dir mal, wie viel du sparst. Für das Geld kannst du eine Menge Spiele kaufen."

Nach kurzem Zögern nickte Axel. „In Ordnung, wenn du das sagst, wird es stimmen." Prüfend sah er Gerry ins Gesicht. Der Computerhändler grinste zustimmend und fuhr sich durch die struppigen Haare.

Nachdem Axel gezahlt hatte, bekam er den riesigen Pappkarton ausgehändigt. „Den kann ich so nicht nach Hause transportieren", meinte er. Sein Fahrrad fiel ihm wieder ein. Es war völlig kaputt.

„Die Leute, die im Lieferwagen weggefahren sind, die waren doch bei dir!“

Gerry hob abwehrend die Hände. „Nein, bei mir war niemand. Da müsst ihr euch geirrt haben.“

„Sie haben mein Fahrrad zu Schrott gefahren!“, rief Axel aufgebracht.

„Dafür kann ich nichts.“ Gerry warf einen hektischen Blick auf die Uhr. „Und jetzt muss ich den Laden schließen. Ich habe noch ein paar dringende Sachen zu erledigen.“

Axel rief seine Mutter an, die aber noch arbeitete und erst in zwei Stunden kommen und den Computer abholen konnte. So blieben Dominik und Axel vor dem Laden auf der Rollsplittkiste zwischen dem verpackten Computer und dem verbeulten Fahrrad sitzen.

Frau Klingmeier bestand darauf, bei der Polizei Anzeige gegen unbekannt zu erstatten. Sonst würde die Versicherung das kaputte Fahrrad nämlich nicht ersetzen. Axel ärgerte sich, dass er nicht schon selbst daran gedacht hatte.

Als sie von der Polizei kamen, setzten sie Dominik vor dem Haus ab, in dem er mit seinen Eltern wohnte. Dann fuhren sie endlich heim. Es war schon nach sechs, als Axel endlich den neuen Computer auspacken konnte.

Für Axel war es eine Kleinigkeit, das Gerät aufzustellen und anzuschließen. Als er zum ersten Mal den Startknopf drückte, fuhr der Computer zu seiner Überraschung nicht nur hoch, sondern hatte auch bereits alle nötigen Programme installiert. Axel musste nur noch ein Verbindungskabel zur Telefonsteckdose legen und eine Minute später befand er sich im Internet.

An der Unterkante des Bildschirmes waren mehrere kleine Kontrolllampen in verschiedenen Farben angebracht. Während Axel durch das Internet surfte und eine E-Mail an Lilo, Poppi und Dominik verschickte, flackerte ein rotes Lämpchen nervös.

Axels E-Mail lautete:

*Leute,*
*mein neuer Computer läuft gerade zu Hochform auf. Trotzdem stimmt etwas nicht mit Gerry vom Computershop. Er leugnet zu hartnäckig. Wir sollten ihm morgen noch einmal auf den Zahn fühlen.*

Lilo und Poppi saßen zur gleichen Zeit an ihren Computern und schickten sofort eine Antwort auf Axels Mail.

Lilo schrieb:

*Gerry ist mir schon immer irgendwie schräg vorgekommen. Ich hoffe nur, dass dein Computer nicht aus einem Diebstahl stammt, also Hehlerware ist. Habe gehört, er betreibt Hehlerei, will ihm aber nichts unterstellen. Viel Spaß trotzdem!*

Nachdem Axel die Mail gelesen hatte, löschte er sie und knurrte sauer: „Vielen Dank, Frau Superhirn! Ist ja klar, dass Sie mir die Freude nicht verderben wollen, haben Sie aber getan."

Poppis Antwort war aufbauender:

*Gratulation zum neuen Computer. Hoffe, er stürzt nicht so oft ab wie dein alter. Bestimmt sitzt du die ganze Nacht davor und hast morgen in der Schule eckige Augen.*

Frau Klingmeier verlangte um neun, dass Axel den Computer ausschaltete. Sie bestand sogar darauf, seine Hausaufgaben zu kontrollieren, was Axel besonders nervte. Er war doch kein kleines Kind mehr. Zum Glück wusste seine Mutter nicht, was er eigentlich aufgehabt hätte. So konnte er ein wenig flunkern und so tun, als wäre ohnehin alles erledigt, obwohl das keineswegs stimmte.

Um sein schlechtes Gewissen wenigstens etwas zu

beruhigen, schrieb er schnell noch einen kurzen Aufsatz für Deutsch und erledigte zwei Rechenaufgaben für Mathematik. Um halb elf aber war er zum Umfallen müde. Die Aufregungen des Nachmittags hatten ihn geschafft.

Als er unter die Decke schlüpfte, warf er einen letzten sehnsüchtigen Blick auf seinen neuen Computer. Im schwachen Lichtschein, der durch die Lamellen der Jalousie fiel, glänzte das Aluminium wie Silber. Gähnend suchte sich Axel eine bequeme Lage und war bald eingeschlafen.

Ein eigenartiges Geräusch riss ihn mitten in der Nacht aus dem Schlaf. Es war eines dieser Geräusche, bei denen man nie genau wusste, ob man es geträumt hatte oder ob es echt war. Sein Herz raste und er blinzelte verschlafen in das Graublau des nächtlichen Zimmers.

Noch immer reflektierte der Computer im Lichtschein der Straßenlampe. Es hatte sich aber etwas verändert: Der Bildschirm war nicht mehr dunkel. Er leuchtete hell. Weiße Schlieren drehten sich wie Spiralnebel, verdichteten sich zu einer hellen Wolke, die langsam bleigrau und gewittrig wurde und aus der Blitze zu zucken begannen.

Wie hypnotisiert setzte sich Axel im Bett auf. Er

konnte den Blick nicht mehr vom Bildschirm wenden. Was lief dort ab? Wieso hatte sich der Computer von allein wieder eingeschaltet?

Ein besonders greller Blitz zerriss den grauen Nebel, aus dem sich eine dämonische Fratze nach vorn schob.

Täuschte sich Axel? Gab es das wirklich? Es sah aus, als würde die Fratze von hinten gegen die Scheibe des Bildschirms drücken und den Kunststoff verformen.

# DER DÄMON TAUCHT AUF

Steif saß Axel da und hielt seine Decke umklammert. Was sich auf dem Bildschirm abspielte, hielt ihn völlig im Bann.

Die Haut der Fratze war grünlich grau und von tiefen Furchen durchzogen. Die Augen glühten orangefarben auf. Das unheimliche Gesicht musste so heiß sein, dass es das Material des Bildschirmes zum Schmelzen gebracht hatte.

Als hätte der Dämon unterhalb des Bildschirmes einen unsichtbaren Körper, hob er eine klauenartige Hand und legte sie von innen gegen die durchsichtige Scheibe.

Axel blieb vor Staunen der Mund offen.

Die Krallen durchdrangen den Bildschirm, als wäre er aus Wasser, und ragte aus dem flachen Käst-

chen. Hätte Axel vor dem Computer gesessen, hätte die Hand nach ihm greifen können.

Eine der Krallen war auf Axel gerichtet. Jedenfalls bildete er sich das ein. Sie krümmte sich zweimal, dreimal, viermal, um Axel näher zu locken.

Wie in Trance schlüpfte er unter der Decke hervor, stand auf und bewegte sich langsam auf den Computer zu. Der Boden unter seinen nackten Füßen erschien ihm eiskalt.

Das Licht, das aus dem Bildschirm fiel, beleuchtete die Schreibtischplatte, wo noch immer die aufgeschlagenen Hausaufgabenhefte lagen. Axel spürte den Schein in seinem Gesicht. Er fühlte sich an wie kaltes Feuer.

Drei Schritte vor dem Tisch blieb er stehen.

Was war hier im Gange?

Rund um die Dämonenfratze wallte glimmender Nebel. Axel konnte sehen, wie er sich am Glas flach drückte.

Wie war das möglich?

Aus den Lautsprechern, die er links und rechts vom Bildschirm aufgestellt hatte, drang rasselnder Atem. Es hörte sich an, als hätte jemand Mühe, nach Luft zu schnappen.

Die dünnen, dunklen Lippen der Fratze öffneten sich zu einem schmalen Spalt. Langsam begann die Erscheinung zu sprechen.

„Tu, was ich verlange“, begann sie. Ihre Stimme war tief und rau. „Tu, was ich dir sage. Tust du es nicht, löse ich in deinem Computer Viren aus, die ihn zerstören. Du verlierst das Geld, das du dafür bezahlt hast. Viren sind kein Grund zur Beanstandung.“

Axels Fassungslosigkeit wuchs. Das war Erpressung. Allerdings wusste er, dass dieser Dämon Recht hatte. Ein Virus, der den Computer lahm legte, ging bestimmt nicht auf Garantie. Das Gerät würde kaputtgehen, ohne dass er mit einem Ersatz rechnen könnte.

Widerstrebend näherte sich Axel seinem Stuhl und streckte die Hand nach der Tastatur aus. Er zog sie zu sich heran, setzte sich auf die Stuhlkante und legte die Tastatur auf seine Knie.

„Name?“, fauchte der Dämon.

Nur mit den Zeigefingern tippte Axel langsam seinen Namen. Unterhalb des Dämons tauchte ein Fenster auf, in dem er lesen konnte, was er schrieb.

„Richtig so?“, wollte der Dämon wissen.

Wie sollte Axel es ihm bestätigen? Er nickte stumm. Wütend schlug der Dämon mit der graugrünen Hand von innen gegen die Scheibe. Der Schreck über den klatschenden Knall ließ Axel auf dem Bürostuhl zurückfahren. Die flach gepresste Hand sah einfach widerwärtig aus.

„Return-Taste drücken“, schnauzte ihn der Dämon an.

Gehorsam betätigte Axel die entsprechende Taste und sein Name verschwand aus dem Fenster.

„Was tue ich da?“ Die Frage jagte immer wieder durch seinen Kopf. Er wollte aufstehen und den Unsinn bleiben lassen, doch er stand auf eine geheimnisvolle Weise im Banne dieses Dämons.

Die Erscheinung am Bildschirm setzte die Befragung fort. Es war ein Verhör, in dem Axel sogar über den Geldbetrag Auskunft geben musste, den er auf seinem Sparbuch hatte. Auch nach seinen Gewohnheiten und Vorlieben, was Essen, Kleidung,

Musik, Filme und Computerspiele betraf, fragte der Dämon.

Axels T-Shirt klebte schweißnass an seinem Rücken, als der Dämon endlich zufrieden war und das Fenster am unteren Bildschirmrand verschwand.

„Ich rate dir, niemandem von unserer Begegnung zu erzählen“, schärfte die Erscheinung ihm noch ein. „Falls du versuchst, den Computer zu öffnen oder in den Programmen nach mir zu suchen, löst du einen Virus aus, der das Gerät zerstört. Vergiss, was geschehen ist! Das ist mein Rat und du befolgst ihn besser.“

Erst jetzt bemerkte Axel sein heftiges Keuchen. Das Klopfen seines Herzens dröhnte ihm in den Ohren. Erschöpft hing er im Schreibtischstuhl, die Tastatur war halb weggerutscht.

Die Fratze verblasste und das Licht im Bildschirm erlosch. Im Zimmer hing wieder das Dunkelgrau der Nacht. Wäre da nicht sein heftiger Atem und das Herzklopfen gewesen, hätte Axel alles für einen Traum gehalten.

Nachdem er die Tastatur zurückgestellt hatte, ging er langsam nach hinten, ließ den Computer dabei aber nicht aus den Augen. Axel kam sich dumm vor. Hatte er vielleicht Angst, das Gerät könnte ihm folgen?

„Das muss ein technischer Trick gewesen sein", hämmerte es hinter seiner Stirn. Er wusste, dass er es nicht wirklich mit einem Dämon zu tun gehabt hatte, sondern dass in seinen Computer ein Programm eingebaut war, das den Spuk erzeugte. Trotzdem schauderte er.

Das Bett ächzte, als Axel sich darauf fallen ließ. Noch immer starrte er zum Computer, der leblos und dunkel auf dem Schreibtisch stand, als wäre nichts geschehen. In einem Film hatte Axel einmal Roboter gesehen, die eines Nachts zum Leben erwachten und von diesem Augenblick an ihren Erbauer in der Hand hatten und ihn wie einen Sklaven behandelten.

Sein neuer Computer kam ihm genauso vor. Es war nicht mehr so, dass Axel den Computer beherrschte. Dieser Dämon hatte ihm gerade bewiesen, dass es auch umgekehrt sein konnte.

Warum aber hatte er sich überhaupt gemeldet und was bezweckte er mit der Fragerei?

Auf der Anzeige des Radioweckers stand 03:10. Es war also mitten in der Nacht und er konnte keinen seiner Freunde anrufen. Alle schalteten die Handys am Abend aus, und ihre Eltern würden ziemlich wütend reagieren, wenn er auf dem normalen Telefon anrief.

So blieb ihm nichts anderes übrig, als sich hinzulegen. Während er unter die Bettdecke schlüpfte, blieb sein Blick starr auf den Computer gerichtet. An Schlaf war nicht zu denken. Axel legte sich zwar hin, faltete dann aber das Kissen unter seinem Kopf, um höher zu liegen und den Computer auch weiter zu beobachten. Aus den Augenwinkeln sah er auf seinem Radiowecker die Minuten verstreichen.

Ungefähr eine halbe Stunde, nachdem sich der Dämon verzogen hatte, leuchtete das rote Lämpchen am unteren Rand des Bildschirmgehäuses auf. Am Flackern erkannte Axel, dass der Computer etwas verschickte. Axel konnte sich nicht erinnern, E-Mails für eine spätere Versendung gespeichert zu haben. Er hatte auch keinen automatischen Empfang aktiviert, der von allein Nachrichten abrief.

Es gab nur eine Erklärung für das Flackern des Lämpchens: Der Computer versandte die Daten, die der Dämon aus Axel herausgequetscht hatte.

Ein äußerst unbehagliches Gefühl beschlich Axel. Ihm fröstelte unter der Decke. Sein neuer Computer hatte tatsächlich ein Eigenleben, das Axel nicht beeinflussen konnte. Irgendwo saß jemand, der das Gerät so seltsam programmiert hatte und Daten abrief.

Auf einmal überfiel Axel die Angst, der Computer könnte ihn beobachten. Aus diesem Grund nahm er seine Decke und tappte hinaus ins Wohnzimmer. Es war nicht bequem, auf dem Sofa zu schlafen, aber es war besser, als mit diesem geheimnisvollen Computer im selben Raum zu sein. Draußen brach schon der Tag an, als er endlich einnickte.

Frau Klingmeier musste Axel lange rütteln, um ihn wach zu bekommen. Sie hatte keine Ahnung, was sich in der Nacht ereignet hatte, und verdächtigte Axel, heimlich einen späten Film angesehen zu haben.

Axel vertat keine Zeit mit Verteidigungen, sondern lief zu seinem Computer. Er ließ ihn hochfahren und öffnete das Menü mit den Programmen. Auf den ersten Blick war nichts Ungewöhnliches zu erkennen. Auch bei den E-Mails gab es keinen Hinweis auf die Daten, die der Computer selbstständig in der Nacht versandt hatte.

Zu spät fiel Axel ein, dass er das Versenden hätte verhindern können. Dazu hätte er nur den Stecker herausziehen und den Computer von der Telefonleitung trennen müssen.

„Das geht jetzt auch noch", murmelte er und zog beide Stecker.

Beruhigt war er trotzdem nicht.

# DER HEHLER

In der großen Pause versammelten sich die vier Knickerbocker im Schulhof. Um ungestört zu sein, kletterten sie auf die Mauer, die den Hof vom Sportplatz trennte.

Während Axel aufgeregt berichtete, aßen die anderen ihre Pausenbrote.

Lilo war anzusehen, dass sie Axels Erzählung für übertrieben hielt.

„Du willst doch nur mit deinem neuen Computer angeben“, sagte sie lächelnd.

Axel wurde sehr wütend und schnaubte verächtlich. „Frau Superschlau weiß wieder einmal alles besser!“

Poppi wedelte mit den Händen. „Hört auf, das bringt doch nichts.“

„Entschuldige“, brummte Lilo und biss ein großes Stück von ihrem Brot ab.

Dominik fielen die Ereignisse rund um den Computerladen ein, die Axel und er am Vortag miterlebt hatten. „Ob das alles zusammenhängt?“ Fragend sah er die anderen an.

„Weiß nicht.“ Axel zuckte mit den Schultern. „Möglich ist es schon.“

Lilo bat die beiden, ihr die Vorfälle noch einmal haarklein zu schildern. Die Pause reichte dafür gar nicht aus. Deshalb verabredete sich die Bande zu einem Treffen am Nachmittag bei Axel. Vielleicht meldete sich der Dämon, wenn die anderen dabei waren.

Nach der Schule zerstreuten sich die vier Freunde in alle Richtungen. Dominik hatte eine Theaterprobe, Poppi wurde von ihrer Mutter daheim erwartet, Lilo ging zum Volleyballtraining und Axel wollte nach Hause. Er beschloss den Bus zu nehmen.

Während er an der Haltestelle wartete, kam ein anderer Bus, der in die Gegend fuhr, in der sich Gerrys Computerladen befand. Daheim wartete niemand auf Axel. Seine Mutter kam erst am Abend. Daher bestieg er kurz entschlossen den Bus, um Gerry einen Besuch abzustatten.

Die Fahrt dauerte nicht sehr lange, doch Axel musste von der Haltestelle aus noch ein großes Stück zu Fuß gehen. Als er auf Gerrys Laden zukam, fiel ihm sofort die Veränderung auf: Die Rollladen waren vor den Schaufenstern heruntergelassen und ein Scherengitter vor die Eingangstür geschoben. Daran war ein Stück Pappe befestigt, auf dem in krakeligen Buchstaben stand:

VORÜBERGEHEND GESCHLOSSEN

Axel versuchte durch die Scheibe zu blicken, doch der Verkaufsraum dahinter war dunkel. Er ging an der Hausmauer entlang und um die Ecke bis zu der Stelle, an der sein Fahrrad zu Schrott gefahren worden war. Hinter der nächsten Ecke befand sich ein kleiner Innenhof und eine Tür, die wahrscheinlich zum Lagerraum des Ladens führte. Axel versuchte sie zu öffnen, doch sie war abgeschlossen.

Über ihm wurde ein Fenster geöffnet und eine Frau beugte sich heraus. Argwöhnisch musterte sie Axel von Kopf bis Fuß. „Was hast du hier zu suchen?", fragte sie scharf.

„Tag. Wissen Sie, warum der Laden vorübergehend geschlossen ist?", erkundigte sich Axel.

„Weil der Typ, dem er gehört, ein Dieb ist. Oder

wenigstens ein Hehler. Die Polizei war heute da und hat ihn hopsgenommen."

„Was?" Axel schüttelte ungläubig den Kopf.

„Die meiste Ware war gestohlen." Der Frau bereitete es offensichtlich großes Vergnügen, die Schreckensnachricht zu erzählen.

„Ich hoffe, du hast kein Gerät von hier. Sonst bekommst du sicher mächtig Ärger!"

Axel atmete schnaubend aus und ließ die Schultern sinken. An seinem neuen Computer klebte das Unglück.

Ohne sich zu verabschieden, wollte er den Hof wieder verlassen.

„He, Bürschchen, oder wolltest du vielleicht etwas Gestohlenes hier anbieten? Die Polizei hat mir ihre Nummer dagelassen. Ich soll sofort anrufen, wenn ich verdächtige Leute hier sehe. Du erscheinst mir sehr verdächtig!"

Axel bekam es mit der Angst zu tun. Er hatte sich wirklich nichts vorzuwerfen, trotzdem packte ihn immer das schlechte Gewissen, wenn ihn ein Polizist zu lange ansah. Er beschleunigte seinen Schritt.

„Ich werde gleich die Polizei rufen!", rief ihm die Frau drohend hinterher.

Jetzt begann Axel zu rennen. Er verließ den Hof, kehrte auf die Straße zurück, warf einen letzten

Blick auf die altmodische Ladentür und verschwand dann in einer Seitengasse. Auf Umwegen kehrte er zur Bushaltestelle zurück. Es war schon ziemlich spät, als er zu Hause ankam.

Während er sein Mittagessen – Spaghetti mit Pilzsoße – in sich hineinschaufelte, machte er seine Hausaufgaben. Immer wieder warf er prüfende Blicke zum Computer. Doch das Gerät stand still und leblos da, wie man es von einem Computer erwartete.

Um fünf Uhr trafen Dominik, Poppi und als Letzte Lilo bei ihm ein. Die Bande stand um den Computer herum und starrte ihn an, als würde das den Dämon zu neuem Leben erwecken.

Axel schaltete das Gerät ein. Summend fuhr der Rechner hoch. Bald leuchtete der Bildschirm blau und Axel startete mit wachsender Verzweiflung ein Programm nach dem anderen.

„Ich habe keinen Beweis und ich trau mich auch nicht, die Festplatte zu durchsuchen“, sagte er, während er die Tastatur bearbeitete. „Ihr müsst mir glauben.“

Lilo legte ihm eine Hand auf die Schulter. „Jaja, das tun wir ohnehin. Ich weiß aber nicht, was wir unternehmen sollen. Nur du kannst herausfinden, an wen deine Daten geschickt worden sind.“

„Kann ich nicht. Das Programm ist irgendwo gut versteckt auf der Festplatte. Ich habe keine Ahnung, wie ich da herankommen soll."

Dominik nickte wissend. „Außerdem besteht die Gefahr, dass, sobald du es gefunden hast, sich ein anderes Programm in Betrieb setzt, das dann tatsächlich deinen Computer unbrauchbar macht und den Verursacher des Spuks löscht."

Nachdenklich kratzte sich Lilo am Kopf. „Ehrlich gesagt habe ich mehr Durchblick, wenn wir Rittern ohne Kopf begegnen."

Fragend sah Poppi sie an. „Sind wir denen schon einmal begegnet?"

„War nur ein Beispiel!", erwiderte Lilo, der man das angestrengte Nachdenken ansehen konnte.

Es war Dominik, der als Erster einen brauchbaren Vorschlag hatte. „Ich borge dir meine Videokamera. Falls sich der Dämon noch einmal meldet, nimm ihn auf."

Mit dieser Idee war Axel einverstanden.

„Wie finden wir Gerry?", überlegte Lilo laut. „Hat diese Frau gesagt, ob die Polizei ihn festgenommen hat?"

Axel konnte sich nicht daran erinnern.

Mit überlegenem Blick zog Dominik einen Zettel aus der Tasche. „Ich habe bereits von zu Hause aus

Nachforschungen angestellt. Zum Glück ist der Name Notaun nicht sehr häufig. In der Stadt gibt es nur einen Gerhard Notaun und das muss Gerry sein." Er las die Adresse ab und Lilo nickte. „Gar nicht weit von uns entfernt. Wir statten diesem Gerry am besten einen Besuch ab. Jetzt, da er mit der Polizei Schwierigkeiten hat, wird er vielleicht reden."

„Wann machen wir's?", wollte Axel wissen.

Das Telefon klingelte und er hob ab. Es war seine Mutter, die an diesem Abend später kommen würde.

„Meine Eltern sind heute Abend auch nicht da. Ich kann also weg", fiel Lieselotte ein.

Dominik hatte eine Vorstellung am Theater und Poppis Mutter war sehr pingelig und überängstlich, was ihre Tochter anging. Sie würde sie bestimmt nicht mehr fortlassen.

„Wir werden uns Gerry ein wenig vorknöpfen", beschlossen Axel und Lilo.

Gleichzeitig verließen die vier das mehrstöckige Haus, in dem Axel mit seiner Mutter wohnte. Die Bande war ins Gespräch vertieft und bemerkte deshalb die beiden Männer nicht, die in einem schäbigen grauen Wagen saßen und sie beobachteten. Obwohl es ein wolkiger Tag war, trugen sie Sonnenbrillen. Einer hielt sich eine Zeitung vor das Gesicht und spähte immer wieder über den Rand.

An der Ecke verabschiedeten sich die vier voneinander. Axel und Lilo schlugen eine andere Richtung ein als ihre Freunde.

Die Männer im Wagen wechselten fragende Blicke. Sie beratschlagten kurz, dann stieg der mit der Zeitung aus und folgte zu Fuß Poppi und Dominik. Der andere Mann startete den Wagen und heftete sich an die Fersen von Axel und Lilo.

# REDE ENDLICH!

Als Axel und Lilo ihr Ziel erreichten, staunten sie. Sie standen an einem rostigen Maschendrahtzaun, in dem eine windschiefe Gittertür hing. Der Garten dahinter war völlig verwildert. Ein Kiesweg, der fast ganz von Unkraut überwuchert war, führte auf ein dunkelbraun gestrichenes Häuschen zu. Zwei moderne Klappstühle und ein Metalltisch waren der einzige Beweis, dass das Haus in den vergangenen zehn Jahren benutzt worden war. Tisch und Stühle wiesen keinen Rost auf.

Die Kranichgasse war eine stille Straße, in der sich ausschließlich Kleingärten befanden. Der Ruhe, die hier herrschte, nach zu urteilen, waren die meisten Häuschen nicht bewohnt.

Axel schnappte nach Luft und deutete auf das

Kettenschloss, mit dem das Gittertor verschlossen war. Es war mit einer sehr starken Zange durchgezwickt worden. Lilo befühlte die glatten Kanten und machte ein besorgtes Gesicht.

„Sollen wir hinein?“, fragte Axel sie leise und deutete mit dem Kinn zu dem Häuschen.

Nach kurzem Überlegen nickte Lilo und öffnete das Tor. Während sie auf das Haus zugingen, blieben sie dicht nebeneinander und sahen sich ständig nach allen Seiten um. In dem Gebüsch links und rechts vom Weg konnte sich problemlos jemand verstecken. Jedes Rascheln ließ die beiden erschrocken zusammenfahren. Es waren aber nur Vögel, die durch die Zweige hüpften, und einmal ein Eichhörnchen, das eilig das Weite suchte.

Das Gartenhaus hatte bestimmt schon bessere Zeiten gesehen. Die braune Farbe war abgeblättert, die Teerpappe, mit der das Dach notdürftig abgedichtet war, wellte sich bedenklich.

Lilo zeigte auf mehrere Plastiktüten, die voll Müll waren und verknotet neben dem Eingang standen. Die Fensterläden und die Tür waren geschlossen.

„Soll ich?“, wandte sich Lilo an Axel und zeigte zur Tür.

„Ja!“

Nachdem Lilo tief Luft geholt hatte klopfte sie an.

Im Inneren des Häuschens hallten die Schläge, als befände sich dahinter ein riesiger Raum.

Unbemerkt von den beiden rollte der graue Wagen auf der anderen Straßenseite heran und hielt so, dass der Fahrer sie durch den Zaun beobachten konnte.

Da sie keine Antwort erhielt, klopfte Lieselotte noch einmal. Axel sah, dass jemand einen Fensterladen einen Fingerbreit öffnete und ins Freie spähte. Gleich darauf wurde der Fensterladen wieder geschlossen und von innen verriegelt.

Schritte näherten sich schlurfend. „Was wollt ihr?“, kam es dumpf durch die Tür.

„Gerry?“, fragte Axel unsicher.

„Was wollt ihr?“, wiederholte die raue Stimme ungeduldig.

„Wir müssen mit dir reden. Es geht um den Computer, den ich gestern bei dir gekauft habe.“

„Mit dem ist alles in Ordnung. Er stammt nicht aus der ... aus der Lieferung, die die Polizei mitgenommen hat.“

„Nein, der Computer ist nicht in Ordnung“, beharrte Axel. „Bitte, mach auf!“

Eine Pause trat ein.

Auf der anderen Straßenseite war der Mann mit der Sonnenbrille aus seinem Wagen gestiegen. Lautlos hatte er die Tür geöffnet. Jetzt stützte er sich darauf ab und starrte in die Richtung der beiden Knickerbocker.

Umständlich wurde von innen aufgeschlossen. Es hörte sich an, als gäbe es nicht nur ein, sondern gleich mehrere Schlösser. Dann wurde die Tür einen Spaltbreit geöffnet und ein graues Gesicht tauchte auf. Unter Gerrys Augen lagen blaue Schatten. Die Wunde, die er sich am Vortag zugezogen hatte, war dunkel verkrustet. Seine Haare, die sonst stachelig in die Höhe standen, hingen schlaff herunter.

„Woher wisst ihr, dass ich hier wohne?“, fragte er knurrend.

„Telefonbuch“, erwiderte Lilo.

„Bitte, wir müssen mit dir reden. Dieser Computer, den du mir verkauft hast, der … spukt!“ Axel war das etwas peinlich, aber Gerry horchte auf.

„Was heißt das?“

Ein heftiger Windstoß fegte durch den Garten und riss an den Zweigen der Bäume. Gerry öffnete widerstrebend die Tür und ließ die beiden Knickerbocker ein.

Den Mann am Straßenrand hatte auch er nicht bemerkt. Sobald die Tür wieder geschlossen war, betrat der Mann den Garten und näherte sich mit großen Schritten dem Haus. Er suchte eine Möglichkeit, einen Blick in das Innere zu werfen.

Im Haus beugte sich Axel zu Lilo und raunte ihr zu: „Das hier sollte meine Mutter einmal sehen. Dann nennt sie mein Zimmer nie wieder unaufgeräumt.“

Das Innere des Hauses bestand nur aus einem Raum, der mit altmodischen Möbeln eingerichtet war. Da es keine Schränke gab, hatte Gerry alle seine Habseligkeiten und Klamotten auf dem Boden und den Sitzmöbeln verteilt. Selbst Axel, der den Spitznamen Mister Chaos trug, war es ein Rätsel, wie Gerry in diesem Durcheinander etwas finden konnte.

Nachdem Gerry eine Socke und eine Jeans von einem Sofa gefegt hatte, bat er die Knickerbocker Platz zu nehmen. Lilo und Axel setzten sich ganz außen auf die Sofakante. Das Möbelstück sah nicht sehr sauber aus.

In der Luft hing ein muffiger Geruch. Gelüftet hatte Gerry wohl schon längere Zeit nicht mehr.

„Also, was ist mit dem Computer los?", fragte er nicht sehr freundlich.

Stockend berichtete Axel von dem Dämon. Lilo ließ Gerry dabei keine Sekunde aus den Augen. Er schien nicht sehr überrascht, aber interessiert. Auf einmal wirkte er wacher.

„War bestimmt nur irgendein Spaß, den du per Internet empfangen hast", sagte er ausweichend, als Axel fertig war.

„Wieso war der Computer so billig?", wollte Axel wissen.

Gerry geriet ins Stottern. „So billig? Ach, das ist eine neue Firma und die machen das zur Einführung. Darüber zerbrich dir nicht den Kopf!"

„He, du handelst mit gestohlenen Computern, da wird so eine Frage doch erlaubt sein!", brauste Lilo auf. Gerry schleuderte ihr einen giftigen Blick zu.

„Haut ab, ich habe euch nicht eingeladen!“, fauchte er. „Habe schon genug Ärger am Hals, ich brauche nicht noch ein paar ätzende Besserwisser in meinem Haus.“

Lilo und Axel erhoben sich und steuerten zur Tür. Beide wollten so schnell wie möglich hinaus.

„Moment mal“, rief ihnen Gerry auf einmal viel freundlicher nach. „Axel, wenn du den Computer nicht möchtest, gib ihn zurück! Du bekommst dein Geld und kaufst einen anderen. Aber nicht bei mir, weil mir die Bullen den Laden geschlossen haben.“

Als Axel den Mund öffnete, um etwas zu sagen, bekam er von Lilo einen Ellbogenstoß.

„Nein!“, zischte sie ihm zu.

„Ich überlege es mir“, antwortete Axel ausweichend und trat hinaus. Mit schnellen Schritten verließ er den Garten, Lilo dicht hinter ihm. Auf der Straße blieb er stehen und drehte sich zu ihr.

„Was hältst du davon?“

„Der Typ weiß eine Menge, und mit deinem Computer ist irgendetwas …“ – sie suchte nach dem richtigen Wort – „… mehr als faul. Irgendwie habe ich das Gefühl, Gerry hat dich als eine Art Versuchskaninchen verwendet. Es hat ihn sehr interessiert, was du so erzählt hast. Die Sache mit der Polizei hat ihn aber ziemlich fertig gemacht.“

Es war September und die Tage waren merklich kürzer als im Hochsommer. Der Abend war kühl und nicht sehr gemütlich. Der graue Wagen war verschwunden. Mit ihm der Mann mit Sonnenbrille.

„Ich mach mich besser auf den Weg nach Hause", sagte Axel. Lilo und er gingen gemeinsam bis zur Bushaltestelle, fuhren aber in verschiedene Richtungen. Lilos Bus kam früher.

Als Axel ein paar Minuten später in den Bus einsteigen wollte, konnte er seinen Geldbeutel nicht finden. Er musste ihm aus der hinteren Hosentasche gerutscht sein. Sofort machte er sich auf den Weg und ging die gleiche Strecke zurück, die er mit Lilo gekommen war. Schließlich stand er wieder vor dem windschiefen Gartentor.

*Er muss mir herausgefallen sein, als ich auf Gerrys Sofa gesessen habe,* fiel ihm ein. Er öffnete das Gartentor und ging auf das Haus zu. Als er vor der Tür stand, hörte er von drinnen dumpfes Poltern, als würde jemand mit Möbelstücken werfen.

Sofort erinnerte sich Axel an das, was er gestern im Computerladen mitbekommen hatte.

„Rede endlich! Wo sind sie?", tobte jemand im Haus. Es folgte ein weiteres Poltern und ein gequältes Stöhnen.

# ZERSTÖRE IHN!

Einen Augenblick stand Axel wie versteinert da. Nach einem tiefen Atemzug löste sich die Schreckstarre und er suchte in seinen Hosentaschen nach dem Handy. Doch er hatte Pech. Der Akku war leer, sodass er die Polizei nicht alarmieren konnte.

Durch die Tür drang eine gepresste Stimme. „Rück damit heraus, sonst vergesse ich mich!"

„Ich habe keine Ahnung, sie sind auf einmal fort gewesen", verteidigte sich Gerry. Er sprach hoch und keuchend. Wahrscheinlich würgte ihn der andere.

Von drinnen war ein metallisches Klicken zu hören. Hatte der Angreifer etwa ein Klappmesser aufschnappen lassen? Axel schauderte und sah sich hektisch nach Hilfe um. Die Nachbarhäuser waren so klein und verfallen wie Gerrys Hütte, und es gab kein Anzeichen auf Bewohner. Wenn er laut um Hilfe schrie, alarmierte er höchstens den Verbrecher im Haus.

Weglaufen und von einer Telefonzelle aus die Polizei anrufen, fiel Axel als nächste Lösung ein. Er konnte sich aber nicht erinnern, auf dem Weg zu Gerrys Haus eine Telefonzelle gesehen zu haben. Die Suche würde lange dauern und so viel Zeit hatte er nicht.

Axels Herz hämmerte. Trotz des kühlen Windes schwitzte er wie nach einem anstrengenden Fußballspiel. Vor Angst und Aufregung fiel ihm das Denken schwer. Wenn doch nur Lilo hier wäre! Ihr gelang es fast immer, einen kühlen Kopf zu bewahren und glasklar zu entscheiden, was am besten zu tun war.

Im Haus ging der Kampf weiter. Gerry wimmerte vor Schmerz und flehte um Schonung.

Auf der Suche nach einer Stange oder einem Stock, mit dem er sich notfalls verteidigen konnte, schlich Axel gebückt um die alte Hütte. An der Rückseite war Brennholz aufgestapelt. Er nahm ein dickes Scheit mit beiden Händen und hielt es drohend in die Höhe.

Die Hecke, die am hinteren Zaun wuchs, war alt

und löchrig. Auf einem schmalen Weg, der zwischen den kleinen Grundstücken durchführte, war ein Lieferwagen abgestellt. Ein dunkelbrauner Lieferwagen mit goldfarbener Aufschrift. Die Buchstaben waren verwittert und schwer lesbar.

„Kronstummer", entzifferte Axel. Es stand auch noch eine Straße und ein Ort dabei. Den Ort kannte Axel. Dort befand sich ein Gasthof, in den er mit seinem Vater manchmal sonntags zum Mittagessen ging.

Was die Firma Kronstummer aber vertrieb, erzeugte oder lieferte, war aus der Aufschrift nicht zu erkennen.

Auf einmal hatte Axel eine Idee, die für einen kurzen Moment seinen rechten Mundwinkel in die Höhe zucken ließ. In der Hecke fand er sofort ein Loch, durch das er zum Zaun schlüpfen konnte. Der alte Maschendraht war verrostet und an einer Stelle niedergetreten. Axel kletterte auf den Weg hinter den Lieferwagen, richtete sich auf und spähte links und rechts nach vorn zu den Rückspiegeln. In keinem der beiden war ein Gesicht zu sehen. Zur Sicherheit ging er in der Hocke zur Beifahrerseite und richtete sich langsam wie in Zeitlupe auf. Sein Blick fiel durch die schmutzige Scheibe in die Fahrerkabine.

Erleichtert atmete er auf. Die Sitzbank und der Fahrersitz waren zerschlissen und ölig. Doch es saß niemand im Wagen, was für Axels Plan das Wichtigste war. Gleich beim ersten Versuch gelang es ihm, die Wagentür zu öffnen und auf die schmierige Sitzbank zu klettern. Der Gestank von kaltem Zigarettenqualm nahm ihm fast den Atem. Der Aschenbecher quoll über und zwischen den Pedalen lag eine dicke Schicht Kippen. Auf dem Armaturenbrett lag ein Sammelsurium von Abfällen: leere Coladosen, Bonbonpapiere und anderes.

Im Zündschloss steckte der Schlüssel. Axel suchte einen Gegenstand, mit dem er seinen Plan umsetzen konnte. Er fand einen metallenen Kugelschreiber, drückte auf die runde Kunststofffläche in der Mitte des Lenkrades und stieß den Kugelschreiber in die Fuge, die entstanden war.

Die Hupe des Lieferwagens zerriss schrill und gellend die Abendruhe. Der Kugelschreiber hatte den Hupknopf fixiert und hielt ihn unten. Schnellstens trat Axel den Rückzug an.

Bei Gerrys Haus klirrte ein Fenster. Es knackte und schnelle Schritte kamen auf den Wagen zugehetzt. Noch immer hockte Axel auf der Seite, die dem Haus abgewandt war. Verließ er dieses Versteck, würde ihn der Unbekannte sofort bemerken.

Axel wollte nicht daran denken, was das bedeuten konnte. Er kauerte sich noch kleiner zusammen, beugte sich vor und sah unter dem Wagen durch.

Der Mann trug ausgelatschte schwarze Sportschuhe und eine dunkle Leinenhose. Er schob sich hinter das Lenkrad und riss mit einem wütenden Laut den Kugelschreiber aus der Hupe. Der Ton, der in den Ohren wehtat, verstummte sofort. Danach stieg der Mann wieder aus und wollte zurück zu Gerry.

Noch immer beobachtete Axel seine Beine. Auf halbem Weg zum Zaun blieb der Mann dann stehen, schien es sich anders zu überlegen, kletterte wieder in die Fahrerkabine, knallte die Tür zu, startete den Motor und fuhr davon.

Die Reifen wühlten den Schlamm auf, der nach dem letzten langen Regenguss in den Fahrrinnen stand. Axel spürte, wie ihm der Dreck ins Gesicht spritzte. Er flehte im Stillen, der Mann möge nicht in den Rückspiegel sehen und ihn vielleicht entdecken.

Mit großer Geschwindigkeit rumpelte der Transporter davon. Nachdem er hinter einer Kurve verschwunden war, zog Axel einen zerknitterten Zettel und einen kleinen Bleistift aus der Jackentasche. Obwohl er sich sehr bemühte, gelang es ihm nicht, seine Hände still zu halten. Die Buchstaben wurden krakelig und kaum lesbar.

Hinter dem Haus kam Gerry hervorgehinkt. Er taumelte an den Zaun, um zu überprüfen, ob der Angreifer tatsächlich abgezogen war.

Axel richtete sich auf und sagte laut: „Das war ich! Ich habe die Hupe ausgelöst."

Im Dämmerlicht leuchtete Gerrys leichenblasses Gesicht. Seine Augen waren weit aufgerissen und wirkten wie dunkle Löcher.

„Er hätte mich fast umgebracht", stieß er hervor. Gerry schien Axel nicht zu erkennen. Er stand offensichtlich unter Schock. Steifbeinig humpelte er zurück zum Eingang des Hauses. Axel holte tief Luft, kletterte über den Zaun und folgte ihm.

„Was geht hier ab?", wollte er von Gerry wissen. Doch dieser starrte nur vor sich hin, als wäre Axel gar nicht da. Der Knickerbocker folgte ihm in das Haus, in dem das Chaos und die Verwüstung noch größer geworden waren. Mit mechanischen Bewegungen, wie ein Roboter, begann Gerry, Kleidungsstücke in eine Sporttasche zu stopfen. Auf dem Sofa fand Axel – wie vermutet – seinen Geldbeutel und nahm ihn schnell an sich.

Die Tür zum Garten stand offen und Axel warf immer wieder besorgte Blicke nach draußen. Der

Unbekannte konnte jeden Augenblick von neuem auftauchen, und er wollte ihm unter keinen Umständen begegnen.

Mit der Tasche in einer Hand und der Zahnbürste in der anderen taumelte Gerry auf Axel zu. Sein Blick war glasig.

„Wer war der Typ? Was wollte er?“, fragte Axel eindringlich.

„Ich baue immer Mist“, kam es niedergeschlagen und leise von Gerry. „Ich hätte nie hinfahren dürfen. Es war nur das Geld.“

„Wo hinfahren? Welches Geld?“, bohrte Axel weiter.

Ungeduldig schob ihn Gerry zur Seite. „Ich tauche unter. Mir egal, dass ich nicht aus der Stadt darf. Wenn ich nicht verschwinde, bin ich tot.“

Hilflos stand Axel da.

Draußen von der Straße kam das Brummen eines Autos. Es rollte aus und hielt. Der Schreck fuhr Axel in die Glieder, und mit einem Schlag war ihm alles egal. Gerry sollte spinnen, so lange er wollte. Was ging das Axel an! Falls der Schläger zurückkehrte, konnte Axel nur sich selbst in Sicherheit bringen. Er war schon in der Tür, als er sich noch einmal zu Gerry umdrehte.

„Wohin willst du?“

„Hau ab!“, war die Antwort. Gerry, der den ankommenden Wagen auch bemerkt hatte, versuchte durch das offene Fenster zu klettern, das vor ihm der unbekannte Schläger als Ausstieg verwendet hatte. Er hatte schon ein Bein im Freien, als er sich noch einmal umdrehte und sagte: „Schlag den Computer kaputt! Das Ding … die bauen da … die wollen …“

„Was?“, fuhr ihn Axel heftiger, als er gewollt hatte, an.

Erschrocken sah Gerry ihn an und verlor fast das Gleichgewicht. Axel verließ das Haus durch die Tür und lief zur Hinterseite. Er wollte von Gerry wissen, warum er einen neuen Computer zerstören sollte. Doch Gerry ließ nicht mit sich reden. Er kletterte aus dem Fenster und lief los. Axel sah ihn am Ende des langen Weges, den vorhin schon der Transporter benutzt hatte, um die Ecke biegen. Selbst wenn er ihm nachrannte, würde er ihn nicht mehr einholen. Die Angst verlieh Gerry ungeahnte Kräfte.

Axel warf einen letzten Blick zurück in den verwilderten Garten. Das Gestrüpp verstellte ihm den Blick zum anderen Ende, wo der Wagen gehalten hatte. Das Quietschen der schiefen Gartentür zeigte aber an, dass jemand kam. Schnellstens ergriff Axel die Flucht. Er hatte genug.

# DIE SCHUHE

Axel konnte jetzt nicht einfach nach Hause gehen. Von unterwegs rief er daheim an, doch seine Mutter war noch nicht da. Das Haus, in dem Lilo wohnte, lag auf seinem Weg, und deshalb beschloss Axel, sie zu besuchen.

Frau Schroll musterte ihn erstaunt, als sie die Tür öffnete. Sie warf einen Blick auf ihre Armbanduhr und fragte: „So spät noch unterwegs? Du siehst ziemlich aufgelöst aus. Ist etwas geschehen?"

Ja!, wollte Axel zuerst wahrheitsgemäß antworten, bremste sich aber eben noch rechtzeitig. „Nein!", log er. Lieselottes Mutter brauchte keinen Verdacht zu schöpfen. Sonst gab es nur viele neugierige Fragen. Die Eltern der vier Knickerbocker waren von den kriminalistischen Neigungen ihres

Nachwuchses nämlich wenig begeistert. „Hausaufgaben und so“, flunkerte Axel und schob sich an Frau Schroll vorbei.

Lilo flätzte sich auf einem Sofa in ihrem Zimmer und las einen Krimi. Das tat sie oft, weil es sie brennend interessierte, wie andere Detektive ihre Ermittlungen angingen. Keuchend ließ sich Axel neben sie sinken, lehnte sich zurück und verschränkte die Arme hinter dem Kopf.

„Häää?“, kam es von Lilo.

Noch immer atmete Axel so schnell und heftig, dass er nur schwer sprechen konnte. Erst nach und nach brachte er heraus, was er gerade erlebt hatte.

„Heiße Sache“, meinte Lilo. „Auf jeden Fall haben wir den Beweis, dass mit deinem neuen Computer wirklich etwas nicht stimmt. Etwas, was sich lohnt, genauer untersucht zu werden.“

Die Aufregung ließ nach und Axel bekam Hunger und Durst. Lilo holte ihm zwei belegte Brote und ein großes Glas Limo. Als das Telefon klingelte, ging sie hinaus und hob ab. Axel hörte sie auf dem Flur reden. Mit sehr nachdenklichem Gesicht kehrte sie zurück und sah ihn an.

„Das war Dominik. Er ist noch im Theater. Auf dem Weg dorthin scheint ihm jemand gefolgt zu sein. Er ist sich ziemlich sicher.“

Verständnislos schüttelte Axel den Kopf. „Dominik? Wieso Dominik?“

„Der Typ steht jetzt vor dem Theater und beobachtet den Bühneneingang. Er scheint zu warten. Dominik wird von seinem Vater abgeholt. Es kann ihm nichts geschehen, aber trotzdem …“

Zugeben wollte Axel es nicht, doch er bekam es mit der Angst zu tun. Auf einmal bereitete ihm der Gedanke, zu Fuß nach Hause zu gehen, größte Sorge.

„Was … was meinst du, soll ich mit dem Computer machen?“ Er sah Lilo fragend an.

„Mit dem Computer? Auf keinen Fall zerstören! Aber vielleicht solltest du ihn nicht mehr anschließen“, riet sie ihm.

Wieder läutete das Telefon, doch dieses Mal war Herr Schroll schneller. Kurz darauf steckte er den Kopf in Lilos Zimmer und deutete auf Axel. „Es ist deine Mutter. Sie sucht dich.“

„Ich … ich komme schon!“, erwiderte Axel.

„Ich muss ohnehin noch weg, weil ich eine Besprechung wegen der nächsten Bergtour habe“, sagte Herr Schroll. „Ich kann dich mitnehmen.“

Dieses Angebot nahm Axel gern und mit einiger Erleichterung an.

Zu Hause angekommen lief Axel die Treppen hinauf in den zweiten Stock. Die Tür zur Wohnung stand offen und er hörte Stimmen. In seinem Zimmer stand seine Mutter mit zwei sehr ernst blickenden Herren in dunklen Mänteln. Beide trugen Brillen und hatten Bärte.

„Ah, Axel!" Frau Klingmeier winkte ihren Sohn näher. „Diese Herren sind von der Polizei. Es geht um deinen neuen Computer. Er wurde gestohlen, ist also Hehlerware, und du musst ihn zurückgeben. Es tut mir Leid, Axel."

Misstrauisch starrte Axel die beiden Männer an. Bekannt kamen sie ihm nicht vor, trotzdem hatte er den Eindruck, dass mit ihnen irgendetwas nicht stimmte.

Die Männer wichen seinem Blick aus, und der etwas kleinere, stämmige gab dem anderen ein Zeichen, den Computer einzupacken.

„Aber Moment, ich kann doch nichts dafür, dass der Computer gestohlen ist", warf Axel ein. „Ich habe ihn bezahlt. Was geschieht jetzt?"

„Du bekommst das Geld zurück", beruhigte ihn der Stämmige. „Wir müssen das Gerät jetzt aber sicherstellen."

Mit ein paar schnellen Handbewegungen hatte der andere die Kabel gelöst, die den Rechner mit der Tastatur und dem Bildschirm verbanden. Er hob den grauen Kasten und die Tastatur hoch und gab seinem Kollegen mit dem Kopf ein Zeichen, auch den Flachbildschirm zu nehmen.

„Ihr Sohn kann nichts dafür“, versicherte der Stämmige Frau Klingmeier. „Machen Sie ihm also keine Vorwürfe.“

Axel hatte in die Deckenleuchte seines Zimmers eine blau getönte Lampe geschraubt. Sie ließ den Raum in der Nacht wie eine Wassergrotte aussehen. Für den Schreibtisch und am Bett hatte er kleine Lampen mit Extraschaltern.

Seine Mutter hatte mit den beiden Männern im „Wassergrotten-Licht“ gestanden. Als die zwei das Zimmer verließen und in die Diele traten, fiel Axels Blick auf Hose und Schuhe des Mannes, der gerade seinen Computer wegtrug. Beide waren schwarz und mit kleinen Matschflecken besprenkelt. Die Schuhe erkannte Axel sofort wieder. Es waren dieselben, die er unter dem dunkelbraunen Lieferwagen gesehen hatte.

Schon öffnete er den Mund, aber was sollte er sagen? In der Wohnung der Klingmeiers standen zwei Männer, von denen einer ein brutaler Schläger war. Unter keinen Umständen wollte Axel seine Mutter in Gefahr bringen.

Nachdem die beiden die Wohnung verlassen hatten, wollte Frau Klingmeier ein ernstes Gespräch mit ihrem Sohn beginnen. Axel hörte aber gar nicht richtig zu, sondern öffnete die Wohnungstür und steckte den Kopf ins Treppenhaus. Die hallenden Schritte der beiden Männer hatten das Erdgeschoss erreicht.

Frau Klingmeier versuchte, ihren Sohn an der Schulter zurückzuziehen, doch Axel schüttelte ihre Hand ab und hastete die Treppe hinunter.

Die Männer hatten das Haus bereits verlassen. Die Eingangstür, die durch einen Schließmechanismus nur langsam zuging, fiel gerade klickend ins Schloss. Nachdem er einige Male tief durchgeatmet hatte, lief Axel in den kleinen Raum neben der Tür, in dem die Mülltonnen standen. Er kletterte auf eine Tonne und spähte durch eines der schmalen Oberlichter auf die nächtliche Straße hinaus.

Schräg gegenüber parkte der braune Lieferwagen. Die Männer hatten die Ladeklappe geöffnet und schoben seinen Computer hinein.

Eine Autotür wurde geöffnet. Axels Kopf zuckte nach rechts. Aus einem grauen Wagen stieg ein Mann mit stark getönter Brille. Sein Haar schimmerte silbrig und von seinen breiten Schultern fiel ein zerknitterter Trenchcoat. Seine Bewegungen erinnerten Axel an einen Panter. Sehr zielstrebig ging er auf die beiden Männer zu, die Hände in den Manteltaschen.

Axel sog heftig die Luft ein und biss sich auf die Unterlippe, als der Mann eine Manteltasche auf eine Art anhob, die eine Pistole darin vermuten ließ, die auf die Männer am Lieferwagen gerichtet war.

Die zwei schienen sehr erschrocken und überrascht. Der Stämmige hob sogar die Hände, was der Mann mit der Pistole aber gar nicht wollte. Er sagte etwas, das Axel nicht verstehen konnte. Beide Männer verschränkten daraufhin die Arme vor der Brust. Schon erteilte ihnen der Mann einen weiteren Befehl, worauf der Schlankere den Lieferwagen wieder öffnete und nach Axels Rechner griff.

Dann geschah etwas völlig Unerwartetes. Der Schlanke trat blitzschnell nach hinten aus und traf die Hand des Bewaffneten. Gleich danach folgte ein zweiter Tritt, der den Mann auf die Motorhaube des Wagens beförderte, der hinter ihm parkte.

Jetzt mischte sich auch der Stämmige ein, riss dem Mann die Hand aus der Tasche und nahm ihm eine kleine Pistole ab. Die Ladeklappe wurde zugeknallt, die Männer sprangen in die Fahrerkabine, und wenige Sekunden später rasten sie mit quietschenden Reifen in die Nacht.

Fluchend rutschte der Mann von der Motorhaube und sah sich hastig um, ob er beobachtet worden war. Die Tritte mussten sehr hart gewesen sein. Hinkend kehrte er zu der alten grauen Karre zurück und fuhr los. Eine Verfolgung des Lieferwagens war unmöglich, so viel stand fest. Der Mann verließ den Ort fluchtartig.

Axel kletterte von der Mülltonne und musste sich an die Wand lehnen, weil seine Knie weich waren und zitterten.

Was jetzt?

# DECKNAME DÄMON

Der nächste Tag war ein Samstag. Axel fühlte sich, als hätte er keine Minute geschlafen. Er bekam die Augen kaum auf und schleppte sich müde ins Badezimmer.

„Du weißt, dass du dieses Wochenende bei deinem Vater verbringst?“, fragte ihn seine Mutter beim Frühstück. Seine Eltern waren geschieden und Axel besuchte jedes zweite Wochenende seinen Vater. Dieses Mal hatte er es fast vergessen.

„Hoffentlich muss er nicht wieder die ganze Zeit arbeiten“, brummte Axel. Der Firma, in der Herr Klingmeier eine führende Position hatte, ging es nicht besonders gut, und deshalb verbrachte Axels Vater Nächte und auch die Wochenenden im Büro.

Axels Handy war wieder geladen, und als er das

Haus verließ, rief er sicherheitshalber bei seinem Vater an. Herr Klingmeier, der niemals auf ein Wochenende mit seinem Sohn verzichten wollte, druckste ein wenig herum.

„Also ehrlich gesagt, ich muss auf jeden Fall in die Firma, du sollst trotzdem kommen. Bitte! Bring doch deine Freunde mit. Dann wird dir bestimmt nicht langweilig."

Das Angebot gefiel Axel und wurde auch vom Rest der Bande begeistert aufgenommen. Gleich von der Schule aus riefen die anderen bei ihren Eltern an, und zum Glück hatte nicht einmal Poppis Mutter etwas dagegen, dass sie das Wochenende nicht zu Hause verbrachte. Herr Klingmeier hatte Axel einen zweiten Vorschlag gemacht: Er lud die ganze Knickerbocker-Bande in das Gasthaus in Krungendorf ein. Krungendorf war der Ort, der auf der Seitenfläche des braunen Transporters gestanden hatte.

Da Lilo, Dominik und Poppi noch ihre Schlafsachen und Zahnbürsten von daheim holen mussten, war es beinahe zwei Uhr, als die Bande und Herr Klingmeier endlich zum Essen kamen.

Sie hatten noch nicht einmal ihre Hauptspeise (viermal Schnitzel und für Poppi Nudeln mit Tomatensoße) bekommen, als Herrn Klingmeiers

Handy piepte und er von einem Kollegen dringend in die Firma gerufen wurde.

„Wir bleiben da", schlug Axel strahlend vor. „Hier in Krungendorf ist es super. Wir ziehen dann noch ein bisschen herum und fahren mit dem Zug zurück. Es sind nur drei Stationen."

Widerwillig erklärte sich Herr Klingmeier einverstanden. Er ließ seinem Sohn Geld da, damit er das Essen und später die Fahrkarten bezahlen konnte, und brach überstürzt auf.

„Hagenstraße 39", sagte Axel geheimnisvoll.

„Was ist dort?", fragte Poppi.

„Die Firma Kronstummer, der der braune Lieferwagen gehört", erklärte Axel. „Wenn wir schon hier sind, müssen wir uns doch dort umsehen."

Während jeder der vier als Nachspeise einen großen Becher Eis löffelte, schilderte Axel haarklein die Ereignisse des Freitags. Sehr gespannt hörten die anderen zu. Etwas kleinlaut sagte Axel zum Schluss: „War es feige, dass ich bei den Männern nicht dazwischengegangen bin?"

Energisch schüttelte Lieselotte den Kopf. „Das war es überhaupt nicht. Es wäre absoluter Wahnsinn gewesen."

„Der Mann vor dem Theater hat einen Anruf auf seinem Handy bekommen", mischte sich jetzt auch

Dominik ein. „Gleich danach ist er fort. Ich habe ihn von meiner Garderobe aus beobachtet."

Auf Axels Nachfrage hin sagte Dominik, zu welcher Zeit der Unbekannte etwa angerufen worden war. Axel überlegte und nickte. „Das war ein paar Minuten, nachdem der Lieferwagen und der graue Wagen abgefahren sind."

Lilo knetete ihre Nasenspitze, eine Angewohnheit, die der Rest der Bande schon gar nicht mehr beachtete. Das Superhirn behauptete, durch diese Nasen-Massage besser nachdenken zu können.

„Kurze Zusammenfassung", meldete sie sich nach einigen Augenblicken zu Wort. „Gerry ist ein Hehler. Darüber hinaus jubelt er Axel einen Computer unter, in dem ein Dämon steckt, der droht, aus Axel Daten erpresst und sie ziemlich sicher über das Internet weiterschickt."

Axel ließ die flache Hand auf den Tisch fallen. „He, richtig! Irgendjemand weiß jetzt eine ganze Menge über mich. Ich kann nicht behaupten, dass mir das gefällt."

Lilo bedeutete ihm, still zu sein, und fuhr fort: „Gerry wusste über diesen Computerdämon Bescheid. Die zwei Männer im Lieferwagen hängen irgendwie auch drin. Ich glaube nicht, dass es ihnen nur um Axels Computer ging. Es gibt da noch etwas, über das uns aber nur Gerry Auskunft geben könnte."

Poppi ergänzte: „Dieser Computer mit dem Dämon muss gefährlich sein, denn sonst hätte Gerry Axel niemals geraten, ihn zu zerstören."

Lilo nickte kurz und hob zwei Finger. „Leute, so wie es aussieht, haben wir es aber nicht nur mit den Gaunern zu tun, die hinter der Sache mit dem Computer stecken. Der Typ im grauen Wagen gehört zu einer zweiten Gruppe."

„Dieser Dämon war zwar unheimlich", begann Axel zögernd, „wenn ich es mir jetzt aber so recht überlege, auch irgendwie komisch. Ich meine, er hat mir in der Nacht Angst eingejagt, und die Drohung, den Computer mit einem Virus zu zerstören, hat mich erschreckt. Trotzdem war das Tierchen irgendwie kindisch."

„Tierchen?", wiederholte Dominik grinsend.

„Na, der Dämon!", lachte Axel. Gleich darauf wurde er wieder ernst. „Der Kampf rund um den Computer war allerdings nicht komisch. Das heißt, das Ding ist nicht nur ein Scherz."

Lilo gab ihm Recht. „Und deshalb sollten wir uns auch diese Firma ansehen. Es muss einen Grund geben, warum die Gauner mit diesem Lieferwagen herumfahren."

Die Knickerbocker-Bande bezahlte und brach auf. Eine freundliche Kellnerin erklärte ihnen den Weg zur Hagenstraße, die sich leider am anderen Ende des Ortes befand. Da sie nicht lange auf den Bus warten wollten, wanderten die vier los. In Krungendorf war an einem Samstagnachmittag wenig los. Die Straßen waren wie ausgestorben.

Endlich hatten die vier Freunde die Hagenstraße erreicht. Ihre Enttäuschung war sehr groß, als sie vor der Nummer 39 standen. Es handelte sich um einen lang gestreckten, verdreckten Backsteinbau mit hohen Milchglasfenstern, die fast alle eingeworfen waren. An der rechten Seite befand sich ein graues Schiebetor. Daran schloss eine Mauer an, auf der oben eine Spirale aus Stacheldraht lag, die das Überklettern unmöglich machte.

Auf das Tor war ein Plakat gekleistert, auf dem in großen schwarzen Buchstaben stand:

**ZU VERKAUFEN!**
**INFORMATIONEN BEI OLIVIA BENNER**

Darunter stand eine Handynummer.

Über dem Tor hingen die Reste eines Firmenschildes, auf dem noch die Schatten von Buchstaben zu erkennen waren. „Kronstummer Backwaren“, las Dominik.

Lilo wählte die Nummer auf ihrem Handy und räusperte sich. Bevor sich noch jemand melden konnte, hatte sie wieder aufgelegt und reichte das Handy an Dominik weiter.

„Ruf du bei dieser Benner an und frag sie nach dem Gelände hier! Du kannst deine Stimme so erwachsen klingen lassen."

Ein wenig stolz trat Dominik vor und griff nach dem Handy. Normalerweise machten sich die anderen Knickerbocker über seine Schauspielerei lustig. Er genoss es, dass sie sein Talent auch einmal anerkannten.

Dominik brauchte nur die Wiederwahltaste zu drücken und das Handy erledigte den Rest.

„Immobilien Benner", meldete sich eine geschäftige Frauenstimme. Sie klang ziemlich gehetzt und ungeduldig.

So tief, als wäre er mindestens vierzig, sagte Dominik: „Theo Huber, guten Tag. Es geht um die Fabrik Hagenstraße 39."

Sofort begann die Frau am anderen Ende der Leitung Zahlen, Daten und Fakten herunterzuspulen, als hätte jemand die Play-Taste eines Tonbandes gedrückt. Dominik ließ sie ausreden und sagte dann: „Mir geht es mehr um die alten Lieferwagen."

Zuerst herrschte Pause, dann aber schnauzte ihn

die Maklerin an: „Deswegen stören Sie mich? Ich habe zu tun. Sieben Häuser sind zu verkaufen. Die Leute rennen mir die Bude ein. Wenden Sie sich gefälligst an den alten Kronstummer." Ohne sich zu verabschieden, legte sie auf.

Über die Auskunft erfragte Dominik die Adresse aller Leute, die Kronstummer hießen und im Ort lebten. Es gab zu seiner Erleichterung nur zwei. Einen Edgar Kronstummer und einen Erik Kronstummer. Sie wohnten in derselben Straße und den Hausnummern nach nebeneinander. Die Bande beschloss, den beiden Herren einen Besuch abzustatten.

Weder Axel noch Lilo, Poppi oder Dominik ahnten, wie nahe sie der Lösung des Falles waren. Genauer gesagt: wie nahe sie dem Ort waren, an dem sie Antwort auf viele Fragen bekommen hätten. Doch der Ort war gut versteckt und getarnt und niemand konnte Verdacht schöpften.

Es war ein weißer Raum, etwa so groß wie ein Klassenzimmer. Nicht nur die Wände und die Decke waren weiß, sondern auch der Fußboden. Es war ein kaltes, glänzendes Weiß, das blendete und jeden blinzeln ließ, der den Raum betrat.

Der weiße Raum besaß keine Fenster und konnte

nur durch eine quadratische Luke im Boden betreten werden. Das einzige Möbelstück war ein Computertisch mit einer ausziehbaren Ablage für die Tastatur. Der Rechner stand auf der rechten Seite neben dem Tischbein, der Monitor war ein großer Flachbildschirm und musste sehr teuer gewesen sein.

Der Raum war schallgedämpft. Von außen drang kein Laut herein. Auch von innen konnte kein Geräusch nach draußen gelangen.

Das einzige Geräusch war das gleichmäßige Surren des Ventilators, der im Rechner eingebaut war und die Festplatte kühlte.

Halt, es gab noch ein zweites Möbelstück! Es handelte sich um einen Schreibtischstuhl mit geschwungenen Formen. Auch er war weiß. Aus der hohen Rückenlehne, die dem Stuhl das Aussehen eines Thrones verlieh, und aus den bequemen Armstützen hingen zahlreiche Kabel. An den Enden waren runde Sensoren befestigt, die wie Saugnäpfe eines Kraken wirkten.

Angst einflößend waren die breiten Brustgurte, die an den Seiten der Rückenlehne herabhingen. Auf der Sitzfläche gab es ebenfalls zwei handbreite Gurte aus einem Material, das weder zerrissen noch mit einem Messer oder einer Schere zerschnitten

werden konnte. Auch normales Feuer konnte diesem Stoff nichts anhaben. Man benötigte ein Schneidegerät mit Diamanten, um es zu durchtrennen.

Die Gurte ließen ahnen, dass Menschen nicht unbedingt freiwillig auf dem Stuhl Platz nahmen. Offenbar mussten sie gewaltsam festgehalten werden, um nicht aufzuspringen und zu flüchten. Blieb die Frage, was sie in die Flucht schlagen konnte.

Was geschah in diesem weißen Raum? Warum war er überhaupt so angelegt worden?

An diesem Samstag wirkte er verlassen. Da war nur das Brummen des Rechners. Über den Bildschirm wanderten weiße Balken von oben nach unten.

Der Raum war gut versteckt. Die Werkstatt und das Elektroniklabor, die sich anschlossen, blieben ebenfalls unentdeckt. Nicht einmal die Techniker und Wissenschaftler, die dort arbeiteten, waren jemals aufgefallen. Freundlich grüßten sie die Nachbarn, und jeder hielt sie für normale Mitbewohner. Niemand wäre in seinen kühnsten Träumen auf die Idee gekommen, welch unfassbaren und kaltblütigen Plan sie in die Tat umzusetzen versuchten.

Die Entwicklungen liefen schon seit mehreren Jahren. Begonnen hatten sie im Ausland, doch dort war der Boden für die Verschwörer inzwischen zu heiß geworden. Deshalb hatte der Kopf der Organisation das Labor, die Werkstatt und den weißen Raum an einen Ort verlegt, an dem niemand die Anlage vermutete.

Der Kopf war ein Mensch, den seine Mitarbeiter noch nie zu Gesicht bekommen hatten. Er meldete sich bei ihnen nur über das Internet. Entweder per E-Mail oder auf einer stark gesicherten Website in einem Chatroom. Sein Deckname lautete *Dämon.*

Die Leute, die er angeheuert hatte, wurden sehr

hoch bezahlt und verrichteten deshalb ihre Arbeit mit größter Gewissenhaftigkeit. Jeder ahnte, dass es wahrscheinlich lebensgefährlich war, aus dem Unternehmen auszuscheiden.

Dabei wendete *Dämon* einen genialen Trick an. Nur er kannte den ganzen Plan. Jeder Mitarbeiter wusste auf seinem Spezialgebiet Bescheid und verfolgte die Entwicklungen, die ihn direkt betrafen. Manchmal mussten die Experten auch zusammenarbeiten und ihre Erkenntnisse untereinander austauschen. Doch niemals wurde ihnen dabei klar, was *Dämon* tatsächlich vorhatte.

Die Knickerbocker-Bande sollte es entdecken und dabei in so große Gefahr geraten wie noch bei keinem ihrer Fälle zuvor.

# UNGLÜCKS-EDGAR

„Nette Hütte!“, witzelte Axel, als die Bande das Haus von Edgar Kronstummer erreichte. Vor ihnen erhob sich ein kleines Schloss mit weiß-gelb gestrichener Fassade, grünen Fensterläden und jeder Menge Türmchen, Säulchen und Verzierungen aus hellem Stein. Der Eingang befand sich im ersten Stockwerk unter einem schweren, gemauerten Vordach, das von vier dicken Säulen getragen wurde. Von links und rechts führte eine geschwungene Treppe nach oben.

„Ich wusste gar nicht, dass man mit Gebäck so viel Kohle machen kann“, fügte Axel noch hinzu.

„Wenn die Sachen knusprig sind und schmecken“, meinte Dominik und schmatzte genießerisch.

Poppi deutete auf die Überwachungskameras, die an jeder Hausecke und links und rechts vom Gartentor angebracht waren. Einige davon waren beweglich und schwenkten langsam hin und her, damit ihnen auch bestimmt nichts entging.

Dominik entdeckte einen Rolls-Royce, der vor der Garage geparkt war. Er hatte eine Schwäche für diese Autos.

„Ich wette, wir werden nicht hineingelassen“, seufzte Axel.

Lieselotte verdrehte die Augen. „Alter Schwarzseher.“

„Na gut, dann versuch's mal!“, fuhr Axel sie an.

Zögernd blieb Lilo bei ihren Freunden stehen. Sie hatte die gleichen Bedenken wie Axel. Ohne Zweifel standen sie vor dem Haus des ehemaligen Besitzers der Backwarenfabrik. Dass er reich war, konnte man sehen, und Lilo wusste, dass solche Leute nicht gerne gestört wurden. Die Kameras machten außerdem klar, dass Edgar Kronstummer vor Dieben, Einbrechern oder anderen Gaunern Angst hatte.

Während die Bande noch dastand und zu dem mächtigen Haus blickte, näherte sich ein dunkelblauer Mercedes mit getönten Scheiben. Er hielt genau neben ihnen, die Tür auf der Fahrerseite wurde schwungvoll geöffnet und ein schlanker Mann in dunkler Jacke und mit einer Chauffeurskappe stieg aus. Er hastete mit großen Schritten um den Wagen und riss die hintere Tür auf. Mit einem Lächeln half er einer zarten, sehr zerbrechlich wirkenden alten Dame heraus. Sie war nicht viel größer als Poppi und trug ein lindgrünes Kostüm und einen dazu farblich passenden großen Hut.

„Danke, Fabrizio", sagte sie mit dünner Stimme. Auf einen Stock gestützt bewegte sie sich zum Gartentor. Der Fahrer eilte voraus und drückte die Klingeltaste.

Die alte Frau bemerkte die Knickerbocker, blieb stehen und legte fragend den Kopf zur Seite. Ihr Gesicht bestand aus tausenden kleinen Falten, war rosig und hatte etwas Puppenhaftes.

„Na, ihr vier? Wartet ihr auf jemanden?"

Dominik machte einen Schritt nach vorn und verneigte sich tief, die Hände an die Hosennaht gepresst.

„Wir würden so gerne Herrn Edgar Kronstummer ein paar Fragen stellen. Aber wir trauen uns nicht zu klingeln."

Die alte Dame lächelte belustigt. „Du bist ja ein sehr wohlerzogener junger Mann. Solche wie dich gibt es kaum noch. Aber wieso interessieren sich vier Kinder für meinen Sohn?"

„Er ist ein wichtiger Bürger der Stadt und des Landkreises", kam Lilo Dominik zu Hilfe. „Wir haben in der Schule ein Projekt, bei dem wir mit solchen Leuten reden sollen."

„Wenn das so ist, kommt mit! Mein Name ist Adele Kronstummer, ich bin seine Mutter. Mein Mann, der leider nicht mehr lebt, hat das Werk gegründet."

„Wie interessant!" Dominik, ganz Kavalier, war gleich an ihrer Seite.

Es klappte tatsächlich. Die Knickerbocker-Bande benutzte allerdings nicht die Freitreppe, sondern wurde von Adele Kronstummer zu einem unauffälligen Seiteneingang geführt. Gleich hinter der Tür befand sich ein Lift, der sie nach oben brachte.

Auch innen erinnerte das Haus an ein Schloss.

„Nehmt Platz, ich lasse euch Limonade servieren", sagte Frau Kronstummer. Ihre Stimme war sanft, hatte aber trotzdem einen Klang, der keinen Widerspruch duldete. Gehorsam ließen sich die vier auf verschnörkelte Barockstühle sinken. Der rote Seidenstoff wirkte so fein, dass sie Angst hatten, ihn kaputtzumachen.

Ein Dienstmädchen mit weißer Schürze, wie man es sonst nur in alten Filmen sah, und ein Diener in grauen Hosen eilten herbei.

Die Bande hatte das Gefühl, in die Vergangenheit zurückversetzt worden zu sein.

Adele Kronstummer bekam ein Funktelefon gereicht. Das Telefonat war nicht freundlich. Das Puppenhafte verschwand aus ihrem Gesicht und sie redete barsch und im Befehlston.

„Von mir aus!“, waren ihre letzten Worte, bevor sie wütend die Taste drückte, um das Gespräch zu beenden.

„Mein Sohn verbringt den ganzen Tag im Orchideenhaus im Garten. Ihr sollt dorthin kommen. Falls er sich weigert, mit euch zu reden, sagt es mir!“

Lilo konnte sich ausrechnen, dass Edgar Kronstummer ungefähr sechzig Jahre alt sein musste. Vielleicht sogar noch älter. Seine Mutter behandelte ihn aber wie einen kleinen Jungen.

Der Diener, der die Nase in die Höhe gestreckt hielt, gab ihnen ein Zeichen, ihm zu folgen.

Hinter der Knickerbocker-Bande wurde ein Stock heftig auf den Boden gestoßen. Erschrocken drehten sich die vier um. Frau Kronstummer hatte sich aufgerichtet und ihre Augen funkelten böse. Die Lippen waren ein dünner Strich.

„Ihr sollt eines wissen“, begann sie. Es war ihr anzumerken, dass sie sich sehr beherrschen musste. „Edgar hat das Lebenswerk meines Gemahls zerstört. Es ist nur seine Schuld, dass unsere Bäckerei zugrunde ging. Und er hat es nur mir zu verdanken, dass wir wenigstens unseren Besitz retten konnten." Sie zeigte mit ihrer dürren Hand in den prunkvollen Raum, in dem sie sich befanden. „Jeder hier weiß, dass Edgar ein Versager ist. Ich kann nicht verstehen, wieso ihr anderes denkt. ‚Wichtig' war er nie. Und er wird es nie sein. Vielleicht aber ist es wichtig für junge Menschen wie euch zu sehen, was einen Versager ausmacht. Damit ihr nie in dieselbe Situation geratet."

Die vier Freunde hatten die Luft angehalten. Von der zarten kleinen Frau gingen Wut und Zorn aus wie gleißende Blitze.

Ein schmaler Plattenweg schlängelte sich durch den sehr gepflegten Garten, vorbei an einem blitzblauen Schwimmbecken und einem kurz gemähten Rasen.

Der hochnasige Diener neigte seinen Kopf zu den Knickerbockern und erklärte: „Ich würde die Worte der gnädigen Frau nicht zu ernst nehmen. Sie wird manchmal etwas heftig, wenn sie auf ihren Sohn zu sprechen kommt."

„Aha!" Mehr fiel Lilo dazu nicht ein.

Am Ende des Weges erhob sich ein Glashaus, das

in keiner Weise den glatten, kantigen Glashäusern ähnelte, die die Knickerbocker aus Gärtnereien kannten. Für Poppi sah es aus wie ein Kristallturm aus einer Zeichnung in einem Märchenbuch.

Die Scheiben waren beschlagen und verwehrten den Blick nach innen. Der Diener öffnete den Flügel einer breiten Tür und führte die Bande in einen Vorraum. Um in das eigentliche Gewächshaus zu gelangen, musste man durch eine weitere Türöffnung, in der schwere Kunststoffbahnen hingen, um die Wärme im Inneren des Hauses zu halten.

Tropische, feuchte Hitze schlug den vier Freunden entgegen. Poppi verstand sofort, wozu der Vorraum nötig war. Viele kleine Vögel und Schmetterlinge flatterten umher und wurden auf diese Weise davor geschützt, in der Tür eingeklemmt zu werden.

Der Boden war weich, und aus riesigen Trögen, Eimern und Töpfen sprossen üppig wuchernde, saftig grüne Pflanzen mit Blüten in allen Farben.

Aus dem hinteren Teil der Anlage tauchte ein dickbäuchiger Mann auf. Sein Kopf war völlig kahl und die Glatze glänzte feucht. Er sah nicht aus, als würde er oft lachen. Ungehalten musterte er die vier.

„Was wollt ihr?"

Lilo sah Hilfe suchend zu ihren Freunden und

begann dann stockend die Erklärung zu wiederholen, die sie schon auf der Straße Frau Kronstummer gegeben hatten.

„Ihr seid Lügner!“, fuhr sie Edgar Kronstummer an. „Wer schickt euch? So ein Zeitungsfritze? Oder jemand vom Fernsehen? Soll es wieder einen Bericht über den ‚Unglücks-Edgar‘ geben, der das Familienunternehmen zerstört hat?“

Die Bande spürte, dass sie eine wirklich gute Ausrede brauchte, um nicht wieder hinauszufliegen.

„Oder hat euch meine Mutter vielleicht geholt, um mich zu quälen? Schließlich ist es ihre Lieblingsbeschäftigung, mir vorzuhalten, was für ein Versager ich doch bin.“

„Nein!“ Es war Poppi, die das geschrien hatte. Sie regte sich darüber auf, dass den Knickerbockern solche Sachen unterstellt wurden.

Dominik holte tief Luft und erklärte geheimnisvoll: „Wenn Sie es genau wissen möchten, wir sind von jemandem geschickt worden, der es gut mit Ihnen meint.“

Überrascht hob Edgar Kronstummer die buschigen Augenbrauen. „So einen Menschen gibt es?“

„Ja, den gibt es.“ Dominik nickte mit ernster Miene. „Jemand findet, es ist Zeit, dass alle erfahren, wie das wirklich war.“

Axel und Lilo sahen ihn bewundernd von der Seite an. Dominik musste diese Sätze aus dem Fernsehkrimi haben, in dem er vor kurzer Zeit mitgespielt hatte.

Sofort wurde Edgar Kronstummer freundlicher. Er bedeutete dem Diener zu gehen und gab der Bande ein Zeichen, mit ihm mitzukommen. Über schmale Wege zwischen den Pflanzen führte er die vier in die Mitte des Glashauses auf eine kleine Lichtung.

Axel legte den Kopf in den Nacken und konnte bis zur Spitze des Turmes blicken, der auf das Erdgeschoss aufgesetzt war. Sie befand sich drei Stockwerke über ihm.

Edgar Kronstummer bat sie, auf den wackligen Klappstühlen, die hier standen, Platz zu nehmen. Er selbst lehnte sich gegen die Kante eines Tisches. Sehr nachdenklich durchbohrte er die vier Knickerbocker mit seinem Blick. Poppi fühlte sich unwohl.

„Wer ist dieser Mensch, ‚der es gut mit mir meint'?“, wollte Kronstummer wissen.

„Das dürfen wir nicht sagen!“, erklärte Dominik sachlich. „Aber bitte, erzählen Sie doch!“

Edgar Kronstummer ließ die vier, während er redete, keine Sekunde aus den Augen. Er musterte die Knickerbocker, als könnte er in ihren Gesichtern etwas lesen. Die Bande verstand kaum etwas. Es ging um „Märkte“, „Absatzzahlen“, „Konkurrenz“ und so weiter. Sie warteten geduldig, bis Edgar Kronstummer endlich fertig war. Schließlich interessierte sie eine einzige Frage.

„Ja, so war es“, schloss Herr Kronstummer seinen Bericht.

„Die Fabrik ist schon geschlossen und wird verkauft“, begann Lilo langsam. „Bestimmt haben Sie auch viele Wagen gehabt. Was ist mit denen geschehen?“

Edgar Kronstummer starrte sie durchdringend an. Schließlich stieß er sich von der Tischkante ab und gab den vier Freunden ein Zeichen, ihm zu folgen.

Axel, Lilo, Poppi und Dominik wechselten fragende Blicke, zuckten mit den Schultern, standen auf und gingen mit.

# TODESTAU

Eine enge Wendeltreppe schraubte sich nach oben zum ersten Stockwerk. Es gab keine Decke, nur eine Art Balkon, der sich an allen vier Seiten entlangzog. Über das Geländer wucherten Pflanzen mit Blüten in grellem Rot und Gelbgrün. Ihre Blätter hingen schwer und fleischig herab.

Kronstummer stapfte unter heftigem Keuchen hinauf. Die Knickerbocker folgten ihm. Die Wendeltreppe war so eng, dass den vieren schon nach wenigen Stufen schwindlig wurde. Selbst Axel und Lilo, die sonst immer sehr waghalsig waren, benutzten den Handlauf und hielten sich gut fest.

Der Balkon bebte unter ihren Schuhen. Er war aus kunstvoll geschmiedeten Metallstreben und dicken Holzbrettern gebaut.

Herr Kronstummer führte die Bande vor einen Blumenkasten, in dem eine unansehnliche Pflanze wuchs. Poppi fand sie eklig, und den anderen ging es ähnlich.

Die Blätter wirkten warzig, die faustgroßen Blüten schleimig, als würden sie jeden Augenblick zerfließen.

Um Kronstummers Mund zuckte ein bitterböses Grinsen.

„Diese Pflanze habe ich aus Südamerika", begann er bedeutungsvoll. „Ich habe den Samen mitgebracht. Er hat die Größe einer Haselnuss und kann nur mit dicken Schutzhandschuhen angefasst werden. Er ist von feinen Härchen umgeben, die sich in die Haut bohren, dort abbrechen und ein Gift absondern, das Mensch und Tier in Minuten tötet."

Sofort wichen die Knickerbocker zwei Schritte zurück.

„So schützt sich die Pflanze davor, dass ihre Samen gefressen und vernichtet werden", setzte Kronstummer fort. „Doch auch ihre Blätter und Blüten sind gefährlicher als die fast aller anderen Gewächse der Erde. Allein der Geruch, der aus der Blüte strömt, reicht aus, um einen Menschen zu betäuben. Es ist eine Betäubung, aus der manche nicht mehr erwachen. Ein Tropfen des Saftes der Blätter genügt, um tausende Liter Trinkwasser zu vergiften. Außerdem sondert die Pflanze eine Flüssigkeit ab, die Todestau genannt wird. Sie verätzt die Haut und lässt Wunden entstehen, die nie wieder heilen."

Die Bande war bis zur Wendeltreppe zurückgewichen. Langsam, mit winzigen Schritten, damit es nicht so auffiel. Kronstummer weidete sich an ihrer Angst.

„Ich züchte keine Gänseblümchen", fuhr er fort. „Edgar Kronstummer ist kein Versager. Sagt das dieser Person, ‚die es gut mit mir meint'!"

Die Knickerbocker-Bande hatte nur noch einen Gedanken: Flucht! Raus hier und weg von diesem Mann, der ziemlich sicher nicht alle Tassen im Schrank hatte.

„Ihr vier lügt." Kronstummer sprach leise, kalt und drohend. „Ihr seid große Lügner."

Er begann sich langsam dicke Schutzhandschuhe überzustreifen, die ihm bis zu den Ellbogen reichten. Den Blick auf die Bande gerichtet, bückte er sich und packte den eckigen Metallbehälter, in dem die giftige Pflanze wuchs. Er hob ihn hoch und kam Schritt für Schritt auf die Knickerbocker-Bande zu.

„Weg!", gab Lilo das Kommando. Es reichte. Sie gab den anderen einen Schubs, da sie sich nicht sofort bewegten.

Axel war der Erste, der zu laufen begann. Seine Sportschuhe erzeugten einen Trommelwirbel auf den Metallstufen der Wendeltreppe. Poppi kam dicht hinter ihm, Dominik stolperte zweimal. Lieselotte warf besorgte Blicke über die Schulter, weil sie fürchtete, Kronstummer könnte die widerliche Pflanze nach ihnen werfen.

Unten angekommen prallte Lilo mit den anderen zusammen, die stehen geblieben waren und warteten. Vor ihnen gab es mehrere Wege und sie wussten nicht, welchen sie nehmen sollten. Lilo überlegte kurz und deutete dann auf rosa blühende Sträucher.

Über ihnen lachte Kronstummer laut und schallend. Sein Lachen klang nicht verrückt, sondern höhnisch und triumphierend.

*Daheim suche ich diese Pflanze im Lexikon!*, dachte Dominik. Vielleicht gibt es sie gar nicht. Vielleicht hat uns dieser Typ nur schocken wollen.

Die Knickerbocker-Bande erreichte unter Lieselottes Führung den Ausgang aus dem Glashaus und stolperte in die Sonne hinaus. Ein paar Schritte entfernt stand der Diener und schnipselte an einem Buchsbaum. Es sah aus, als täte er es nur, um an dieser Stelle stehen zu können. Vielleicht hatte er sogar auf die Bande gewartet.

„Ich führe euch hinaus“, sagte er näselnd und schritt voran. Die vier folgten ihm nur zu gerne.

Nachdem das Gittertor hinter ihnen ins Schloss gefallen war, atmeten die Knickerbocker erst einmal kräftig durch.

„Was mit den Lieferwagen geschehen ist und wer so ein Ding noch fahren könnte, wissen wir aber noch immer nicht!“, stellte Dominik fest.

„Schöne Pleite", seufzte Lieselotte und machte ein paar Schritte. Nachdenklich blickte sie zu dem kleinen Schloss zurück. Täuschte sie sich oder stand da jemand an einem der Fenster im ersten Stock und spähte durch einen Spalt im Vorhang? Die Sonne, die gerade hinter einer Wolke hervorkam, spiegelte sich leider zu stark in der Scheibe.

Das Grundstück schien kein Ende zu nehmen. Endlich erreichten die vier einen anderen, modernen Zaun aus gebürstetem Aluminium.

„Hier muss dieser Erik Kronstummer wohnen", meinte Dominik. „Das ist seine Hausnummer."

Lilo machte ein nachdenkliches Gesicht. „Ist das der Bruder von Edgar?"

Die anderen zuckten mit den Schultern.

Der Zaun führte zu einem bizarren Portal, das aussah wie aus einem Fantasy-Film. Aus dem Boden ragten nach oben spitz zulaufende Zacken, die den Zugang auf das Grundstück verwehrten. Sie standen zu dicht, als dass man hatte durchschlüpfen können. Wie man an ihnen vorbeikam, konnten die Knickerbocker nicht erkennen.

Dominik strich sich über das Kinn und meinte: „Entweder fahren sie zur Seite oder versinken im Boden. Anders kann ich mir das nicht vorstellen."

Die Klingel war ein kahler Kopf mit spitzen Ohren und leuchtenden roten Augen. Da wohl die meisten Besucher diesen Kopf nicht sofort als Türglocke erkannten, war ein schmaler Zettel daneben geklebt, auf den jemand mit Kugelschreiber „Hier klingeln“ gekritzelt hatte.

Axel drückte den Knopf. Sekunden später knackte ein Lautsprecher und eine krächzende Stimme fragte barsch: „Ja, was gibt's?“

Lilo machte einen Schritt vor und sagte: „Wir würden gerne mit Erik Kronstummer sprechen.“

„Wozu?“

„Das können wir nur ihm sagen.“

Pause.

„Wartet!“, kam es aus dem Lautsprecher.

Poppi und Dominik hatten versucht, hinter den Bäumen und Büschen ein Gebäude auszumachen, doch es war ihnen nicht gelungen. Auf jeden Fall schien sich das Grundstück weit nach hinten zu erstrecken.

Wie aus dem Boden gewachsen tauchte hinter den Metallzacken ein junger Mann auf. Seine Haut war sehr hell, als würde er nie in die Sonne gehen. Argwöhnisch musterten graue Augen die vier Knickerbocker.

Dominik sog heftig die Luft ein. „Commander Trilogy!“, sagte er bewundernd.

Der junge Mann drehte sich mit einem Ruck zu ihm und ein dünnes Lächeln erschien auf seinem Gesicht. Er schien sich zu freuen, dass er erkannt worden war.

Lilo versetzte Dominik einen Ellbogenstoß und zischte: „Wer ist das?"

Laut antwortete Dominik: „Man merkt, dass du nicht viel am Computer spielst. Commander Trilogy ist der Erfinder der besten Computerspiele, die ich kenne."

„Und was hat dieser Commander mit Erik Kronstummer zu tun?", fragte Poppi laut genug, dass der Mann es hören konnte.

„Ich bin Erik Kronstummer", stellte er sich vor. Seine Stimme klang, als würde er sie verstellen: sehr nasal und gequetscht.

„Das ist wirklich eine Ehre, Sie kennen zu lernen", schwärmte Dominik.

Bei Lilo schrillten die Alarmglocken. Axel hatte es mit einem Computerdämon zu tun bekommen, und dieser Mann entwickelte Computerspiele. Das klang danach, als gäbe es eine Verbindung. Jetzt war große Vorsicht geboten.

Erik Kronstummer drückte einen Knopf auf seiner übergroßen Armbanduhr, worauf die Metallzacken im Boden versanken.

„Wow!“, kam es von Dominik.

Der Zutritt war frei. Während die vier auf den blassen Mann zugingen, raunte Lilo den anderen zu: „Kein Wort über den Dämon. Klar?“

Sie erhielt von allen ein kurzes, unauffälliges Nicken als Antwort.

Herr Kronstummer, der zu jung war, um Edgars Bruder zu sein, reichte jedem der vier die Hand. Sein Händedruck fühlte sich kalt und trocken an. Auf einmal war er nicht mehr misstrauisch.

Hinter einem Baumstamm befand sich eine betonierte Säule mit einem schmalen Eingang.

„Mein größter Stolz“, erklärte Erik Kronstummer und deutete auf die Öffnung, hinter der bläuliches Licht schimmerte. „Es können immer nur zwei auf einmal hinein. Wer kommt mit mir?“

„Ich!“ Dominik drängte sich sofort zu seinem Idol und betrat hinter ihm den runden Innenraum. Die Lampen, die drinnen angebracht waren, ließen seine Haut blau leuchten, als wäre er ein Außerirdischer. Mit einem tiefen Brummen versanken Kronstummer und er im Boden.

Axel, Lilo und Poppi mussten entsetzt beobachten, wie Kronstummer Dominik am Hals packte und zischte: „Du bist verloren!“

# TOTAL VERRÜCKT

Lieselotte sprang zu der Öffnung und beugte sich hinein. Sie sah nur noch die runde Abdeckung des Liftes nach unten verschwinden. Da im Schacht keine Lampen brannten, wirkte es, als würde der Aufzug von der Dunkelheit verschluckt werden.

„Ist das ein Verrückter?", rief Axel hinter ihr.

„Wo bringt er Dominik hin?", jammerte Poppi.

„Ganz dicht ist mir dieser Erik von Anfang an nicht vorgekommen", murmelte Lilo.

Axel rannte um die Säule und klopfte den kalten Beton ab. Es gab weder einen Rufknopf für den Lift noch einen Schalter. Sofort fiel Axel wieder die seltsame Uhr ein, die Erik trug. Mit ihr konnte er wohl alles steuern.

„Gibt es hier ein Haus?", fragte sich Lilo laut und

lief zwischen den Bäumen den Hang nach oben. Das Grundstück war genauso lang wie der Park nebenan. Während bei Edgar Kronstummer und seiner Mutter aber alles ordentlich und gepflegt war, wucherte auf Erik Kronstummers Grundstück ein Urwald. Dornenranken rissen an Lieselottes Jeans, Äste peitschen ihr ins Gesicht und Wurzeln, die aus der Erde wuchsen, waren wie Fallstricke.

Lilo kämpfte sich mit zusammengebissenen Zähnen voran und erreichte eine Stelle, an der sich die Bäume lichteten. Sie gaben den Blick frei auf einen hohen Betonwürfel mit quadratischen Fensteröffnungen. Auf einem flachen Dach ragten lange Aluminiumzungen empor, die an graue Flammen erinnerten. Auf dem Rasen vor dem Haus stand eine Figur aus Metall, die einen gebückten Gnom darstellte, der sich auf den Knien abstützte und angriffslustig in die Gegend glotzte.

Eine Glastür im Gartengeschoss wurde geöffnet und Erik Kronstummer trat heraus. Hinter ihm sah Lilo Dominik. Er war unversehrt und lachte.

„Deinen Freunden haben wir bestimmt einen mächtigen Schreck eingejagt“, freute sich Kronstummer.

„Sie machen sich bestimmt große Sorgen“, warf Dominik vorsichtig ein.

„Ach was! War doch nur ein Scherz!"

Lilo trat zwischen den Bäumen hervor und rief laut: „Es hat aber nicht so ausgesehen."

Erik Kronstummer fuhr erschrocken zusammen und starrte in die Richtung, aus der Lilos Stimme kam. Er kniff die Augen zusammen, als könnte er nicht glauben, sie dort stehen zu sehen.

„Wie kommst du dorthin?" Er schrie aufgebracht und deutete mit dem Zeigefinger auf sie.

„Zu Fuß, oder denken Sie, ich bin geflogen?"

Hinter Kronstummers Rücken bedeutete ihr Dominik, dass er den Mann für etwas verrückt hielt. Mit den Augen gab Lilo ihrem Freund ein Zeichen zu verschwinden. Dazu verwickelte sie Kronstummer in ein Gespräch.

„Und wie sind Sie in das Haus gekommen? Ist das in der Säule eine Art Rohrpost für Menschen?"

Der bleiche Mann grinste kurz. „Rohrpost für Menschen! So hat es noch keiner genannt. Klingt gut. Wirklich gut. Muss ich mir merken!"

„Ein unterirdischer Tunnel führt in dieses …", Lieselotte deutete mit dem Kinn auf den Betonquader, „äh … Haus …"

„Villa!", verbesserte sie Kronstummer. „Eine moderne Villa. Nicht so ein Hochzeitstortenschloss wie die Bude meiner Großmutter."

„Dann sind Sie also Edgar Kronstummers Sohn!“, kombinierte Lieselotte.

„Ja, wieso?“

„Es geht um einen Lieferwagen der Firma.“

Erik Kronstummer lachte verächtlich. „Diese ‚Firma‘ gibt es schon lange nicht mehr. Vater und Großmutter haben es geschafft, sie mit ihrem ewigen Gezänk in die Pleite zu treiben. Zum Glück hatte ich dabei nicht meine Hände im Spiel. Habe als Ersatz dieses Grundstück und eine Stange Geld bekommen. In Großmutters Augen bin ich genauso ein Versager wie Vater.“

Lilo war langsam, Schritt für Schritt, über den Rasen auf den Mann zugegangen. Erst jetzt fiel ihr die graue Jacke mit dem Stehkragen und die graue Hose auf, die er trug. Sie erinnerten an eine Uniform.

„Und Sie erfinden also Computerspiele“, fuhr sie fort.

Es war Kronstummer anzusehen, dass sie damit sein Lieblingsthema angesprochen hatte. Er fing sofort an draufloszureden, schilderte Lilo, was er schon alles erfunden und entwickelt hatte.

Dominik war unterdessen an der Hausmauer entlang zu einer Hecke geschlichen, die am Zaun zum anderen Kronstummer-Grundstück wuchs, und dahinter verschwunden. Bestimmt war er mittlerweile bei Axel und Poppi angelangt.

„Ich würde trotzdem gerne wissen, ob noch Kronstummer-Wagen herumfahren", kam Lilo auf ihre Frage zurück.

Erik zuckte desinteressiert mit den Schultern. „Keine Ahnung. Möglich. Sie sind damals alle verkauft worden. Vor zwei Jahren. Glaube ich wenigstens." Er drehte sich nach Dominik um, und als er feststellte, dass dieser verschwunden war, verzog sich sein Wachsgesicht zu einer grimmigen Fratze.

„Wo ist er hin? Im Haus hat er nichts zu suchen!"

Lilo hob die Schultern und setzte eine unschuldige Miene auf. Als Erik Kronstummer durch die offene Tür in seinen Betonklotz stürzte, rannte sie mit großen Schritten auf die Hecke zu, zwängte sich durch das Geäst und hetzte dahinter entlang. Der Weg zwischen Zaun und Hecke war sehr schmal. Immer wieder wurde Lilo von den Zweigen der Büsche heftig zerkratzt.

Die anderen erwarteten sie bereits an der Betonsäule. Ohne lang Fragen zu stellen, stürzten die vier zu dem bizarren Ausgang aus Stahlzacken.

„Wir sind eingeschlossen!", rief Poppi erschrocken. Nachdem sie eingetreten waren, hatte Erik die Zacken wieder in die Höhe fahren lassen. Da der

Zaun aus hohen, oben zugespitzten Stangen bestand, konnten sie nicht drüberklettern.

Völlig überraschend fuhren die Zacken in den Boden und gaben den Weg frei. Die Knickerbocker-Bande hastete in großen Sprüngen darüber hinweg. Sie hatten schreckliche Angst, die Spitzen könnten wieder nach oben fahren und sie durchbohren.

Auf der Straße angekommen blieben die Freunde nicht stehen, sondern rannten, so schnell sie konnten, weiter. Sie liefen und liefen und erst als sie mehrere Male um die Ecke gebogen waren und es kein Anzeichen gab, dass Erik ihnen folgte, blieben sie stehen.

Alle vier rangen nach Luft. Selbst Axel, der wirklich gut trainiert war, war völlig außer Atem. Dominik stand vorgebeugt da, weil er so heftiges Seitenstechen hatte.

„Wieso hat er uns hinausgelassen?“, fragte Poppi zwischen heftigen Schnaufern.

Dominik hielt seinen Arm in die Höhe. Axel erkannte das auffällige Ding um sein Handgelenk sofort. „Die Uhr! Das muss so eine Art Fernsteuerung sein, oder?“

„Ist es!“, bestätigte Dominik.

„Wie bist du daran gekommen?“

„Äh …“, Dominik bekam einen knallroten Kopf.

„Er hat sie mir zum Ansehen gegeben und nicht zurückverlangt."

„Du hast sie geklaut?" Poppi sah ihn mit offenem Mund an.

„Höchstens geborgt!", korrigierte Dominik.

Lieselotte lehnte sich an einen Laternenpfahl und blickte zum grauen Himmel, über den dunkle Wolken jagten.

„Diese Kronstummers haben alle eine Meise", fasste sie zusammen. „Erik Kronstummer ist also Erfinder von Computerspielen. Und ausgerechnet im ehemaligen Lieferwagen der Firma seiner Eltern wird ein Computer abgeholt, in dem ein Dämon steckt. Ich nenne das verdächtig." Fragend wandte sie sich an ihre Freunde, die zustimmend nickten.

„Wir könnten die Fernsteuerungs-Uhr doch ‚zurückbringen' und dabei einen Blick in das Innere dieses Betonbunkers werfen", fuhr Lilo fort.

„Du meinst einbrechen", bemerkte Axel trocken.

„So hätte ich das nie gesagt", meinte Lilo ausweichend.

Poppi schüttelte energisch den Kopf. „Ihr könnt mich gerne Feigling nennen, aber ich mache da nicht mit."

„Gut so!", lobte Lilo sie.

Poppi sah sie überrascht an. „Wieso?"

„Weil wir heute alle bei Axels Vater übernachten. Und mindestens einer muss zurückbleiben und für uns vier schnarchen. Es darf doch nicht auffallen, dass wir gar nicht da sind."

Dominik sah aus, als würde er gern bei Poppi bleiben.

„Dich brauchen wir unbedingt", erklärte Lilo. „Du kennst diesen Erik oder besser gesagt Commander Trilogy. Das ist wichtig."

Eine große Wolke schob sich vor die Sonne. Schlagartig wurde es düster und kalt.

Poppi fröstelte. Ihr gefiel gar nicht, was die anderen vorhatten.

# DÄMON MELDET SICH

Herr Klingmeier machte es der Bande sehr einfach. Als sie in seiner Dachwohnung in der Stadt ankamen, lag in der Diele ein großer Zettel auf dem Boden, auf dem stand:

*Axel, es wird sehr spät. Ihr könnt euch Pizza bestellen. Bitte, seid nicht böse und guckt keine Horrorfilme! Vati*

„Aber wenn er heimkommt, wird er bestimmt in dein Zimmer sehen und bemerken, dass ihr alle fort seid!“, warnte Poppi.

Axel machte eine lässige Handbewegung. „Wird er nicht. Verlass dich drauf. Wir hängen das Schild ‚Bitte nicht stören‘ an die Tür, das er mir aus einem Hotel mitgebracht hat. Falls er tatsächlich einen Blick ins Zimmer wirft, wird er dich friedlich schlafen sehen und drei Umrisse unter den anderen Decken."

„Wir stopfen unsere Decken mit Kissen aus“, erklärte Dominik.

Poppi gab sich geschlagen, doch das unbehagliche Gefühl blieb.

Lilo deutete auf die große, eckige Umhängetasche, die Poppi den ganzen Tag bei sich getragen hatte. „Verrätst du, was du da drinnen hast?“

Sofort wurde Poppi knallrot. Sie versuchte sich aber erst gar nicht herauszureden, sondern gab leise zu, dass sie ihre beiden Lieblingsratten Max und Moritz dabeihatte.

Poppi öffnete die Tasche und holte die beiden Tiere heraus. Max war zur einen Hälfte schwarz, zur anderen weiß, Moritz hellbraun gefleckt. Die beiden Ratten krabbelten sofort an Poppis Pulli hinauf und kauerten sich auf ihre Schulter. Neugierig blickten sie sich mit blanken, blitzenden Augen um.

„Kann man die streicheln?“, fragte Lilo zweifelnd.

„Sie sind sauber, sie stinken nicht und sie fühlen sich wunderbar an“, erklärte Poppi. „Außerdem sind sie klug. Sie hören sogar auf ihre Namen.“ Als sie Max rief, sah die schwarz-weiße Ratte sie sofort gespannt an, Moritz spitzte bei seinem Namen die Ohren.

„Und wie ist das mit Flöhen?“ Dominik hielt noch immer Abstand.

„Das sind gezüchtete Ratten und keine Kanalratten. Max und Moritz haben keine Flöhe und sie benutzen sogar ein Klo wie Katzen.“

„Na, dann hast du ja Gesellschaft in der Nacht“, meinte Axel grinsend.

Die Knickerbocker-Bande machte sich hungrig über die inzwischen gelieferten Pizzen her. Axel telefonierte mit seinem Vater, der ihm erklärte, dass er erst nach zehn heimkommen würde, wofür er sich vielmals entschuldigte.

„Da schlafen wir bestimmt schon. Morgen wollen wir nämlich früh raus!“, warnte ihn Axel.

Herr Klingmeier war viel zu beschäftigt, um misstrauisch zu werden.

Die Bande besaß eine gemeinsame Kasse für Notfälle. Die Fahrt nach Krungendorf war ein Notfall. In der Nacht konnten sie unmöglich mit Bus und Bahn dorthin gelangen. Dominik erkundigte sich in der Taxizentrale nach dem Preis der Fahrt und atmete erleichtert auf, als er feststellte, dass sie sich das Taxi für Hin- und Rückfahrt leisten konnten.

Um neun Uhr brachen sie auf. Poppi stand auf der Dachterrasse, die Ratten im Arm, und sah dem Taxi nach, als es um die Ecke bog.

„Wenn das nur gut geht", sagte sie leise. Im nächsten Moment schimpfte sie mit sich selbst, weil sie wieder einmal ängstlich war.

Neben den Elektroniklabors und dem weißen Raum befand sich ein weiterer Aufenthaltsraum, in dem die beiden Männer herumlungerten, die den Computer von Axel abgeholt hatten. Sie hatten die Beine auf einen Couchtisch gelegt und tranken Bier aus Dosen. Auf dem Boden lagen Pappteller, von denen sie ihre Würstchen gegessen hatten. Im Fernsehen lief ein Boxkampf, den die Männer immer wieder lautstark kommentierten.

Auf einem Tisch an der Wand stand ein Computerbildschirm mit einer Tastatur davor. Ein Bildschirmschoner zeigte tanzende Seifenblasen.

Völlig überraschend färbte sich der Bildschirm knallrot ein. Weiße Buchstaben, die von einem Rand zum anderen reichten, blinkten. **Sofort melden!**, befahlen sie.

Die Männer rissen die Beine vom Tisch, als wären sie bei etwas Verbotenem ertappt worden. Der schlankere der beiden ließ sich auf den Stuhl vor dem Computer fallen und hämmerte auf die Tastatur ein.

Das Rot verschwand und gab eine weiße Fläche

frei. Am linken Rand prangte eine grüne Fratze. Rechts daneben erschien Text.

**– Identifizieren Sie sich!**

Der Mann tippte mit fliegenden Fingern zwei Codes ein, die aus einer langen Reihe von Ziffern und Buchstaben bestanden.

**– Der Computerhändler, der Testgeräte für uns verteilen sollte, wurde als Hehler entlarvt.**

Der Mann schrieb als Antwort:

**– Wir wussten nicht, dass er gestohlene Ware verkauft.**

**– Wo sind die Testgeräte, die ihm übergeben wurden?**

Diesmal zögerte der Mann, bevor er tippte. Fragend blickte er zu seinem Kollegen hoch, der neben ihm stand.

„Sag die Wahrheit. *Dämon* erfährt immer, wenn etwas nicht stimmt. Das macht es nur schlimmer. Du weißt, was mit Rudolf geschehen ist."

Ja, das wusste er. Rudolf hatte die gleiche Aufgabe gehabt wie sie jetzt. Er hatte sie nicht zur Zufriedenheit von *Dämon* erledigt und angeblich ein Gerät zerlegt. Danach wurde er nie wieder gesehen.

**– Wir konnten ein Testgerät sicherstellen, das einem Jungen verkauft worden war.**

**– Und die anderen?**

**– Der Händler versteckt sie. Wir haben selbst mit Prügeln nicht aus ihm herausbekommen, wo sie sich befinden. Mittlerweile ist er untergetaucht. Wir suchen nach ihm.**

**– Sie haben 24 Stunden, Zeit die Testgeräte zurückzubringen.**

Die Männer zuckten, als hätte jemand einen Eimer eiskaltes Wasser über ihnen ausgegossen.

Der Mann an der Tastatur wollte noch eine positive Mitteilung anbringen, um den *Dämon* milde zu stimmen.

**– Testgerät eins hat Daten gesendet. Dadurch konnten wir sofort herausfinden, wo es sich befand.**

**– Bringen Sie die anderen. 24 Stunden haben Sie Zeit, keine Minute länger.**

**– Sehr wohl.**

Der Mann hoffte, *Dämon* würde den Chat beenden, doch dem war nicht so.

**– Welchen Wagen benutzen Sie?**

**– Den alten Lieferwagen von Kronstummer.**

**– Sofort anderen Wagen nehmen. Kronstummer-Wagen neu lackieren lassen.**

Der Mann, der stand, stieß seinen Kollegen an und sagte leise, als könnte *Dämon* sie hören: „Das mit dem Überfall gestern … schreib das …“

Der andere nickte kurz.

**– Wir wurden gestern beim Abtransport des Gerätes von einem Mann überfallen. Beschreibung: etwa 50 Jahre, lange graue Haare, Trenchcoat, getönte Brille, kein Akzent.**

Die Reaktion ließ auf sich warten und fiel heftig aus.

**– Idioten! Sofort Aussehen ändern. Kontrolle, ob Verfolger in der Nähe. Falls Antwort ja, dann sofortige Meldung an mich.**

Die Angst legte sich den Männern wie ein eisiger Mantel um die Schultern. Sie hätten doch nichts sagen sollen. Besser wäre gewesen, *Dämon* hätte von dem Überfall nichts erfahren.

Ohne Verabschiedung hatte *Dämon* den Chat beendet. Der Bildschirm wurde dunkel. Sekunden später erschienen wieder die Seifenblasen.

Wie ferngesteuert erhoben sich die Männer. Sie verließen den Raum und wankten an einer Tür vorbei, in die ein Bullauge eingelassen war. Dahinter befand sich ein abgedunkeltes Elektroniklabor, in dem Techniker über komplizierte Schaltungen gebeugt saßen. Einer von ihnen, mit wildem Haarschopf und schiefer Brille, war das nächste Opfer von *Dämon*.

Die Männer gingen eine Treppe hinunter in die

Tiefgarage, die nur von ihnen benutzt wurde. Nebeneinander standen dort acht verschiedene Lieferwagen. Alle mit unterschiedlichen Aufschriften. Die Männer entschieden sich für einen Wagen, der angeblich einer Gärtnerei Freudensprung gehörte.

Von dem Techniker mit dem wilden Haarschopf und der schiefen Brille ließ sich *Dämon* schildern, welches Gerät bei der „Testperson" eingesetzt worden war. Er war sehr unzufrieden.

**– Das ist eine lächerliche Kinderei. Von solchen Gruselfiguren war nie die Rede. Sie haben eigenmächtig gehandelt. Das ist unerwünscht.**

Der Techniker beteuerte, in bester Absicht gehandelt zu haben. Es sei kein Schaden entstanden, doch hätte sich gezeigt, dass gerade Kinder mit Hilfe dieses Tricks gut angesprochen werden könnten.

*Dämon* wiederholte, solche Spielereien hätten in Zukunft zu unterbleiben. Sonst würde der Techniker gefeuert. Das Ziel, das *Dämon* verfolgte, war ein viel größeres.

# WIE IM VERLIES

Lilo, Axel und Dominik erreichten kurz vor zehn Uhr den ungewöhnlichen Zaun und das Tor aus Zacken. Sie hatten sich vom Taxifahrer schon zwei Straßen vorher absetzen lassen und waren das letzte Stück zu Fuß gegangen.

„Wir sind zu früh. Viel zu früh", sagte Axel immer wieder.

Lieselotte hatte schon das Gleiche gedacht. Dazu kam ein eisiger Wind, der ihnen ins Gesicht blies. Die drei Knickerbocker waren nicht sehr warm angezogen und froren bereits.

Die Straße war nicht gut beleuchtet. Am Rand standen in großen Abständen altertümliche Straßenlaternen, die ein schummriges, orangefarbenes Licht verbreiteten.

Die drei Freunde hielten sich im Schatten und schlichen auf der gegenüberliegenden Straßenseite bis zu dem bizarren Zaun und der Absperrung aus Metallzacken.

„Wir haben keine Ahnung, ob Erik daheim ist oder nicht“, gab Axel zu bedenken.

„Mach dir nicht in die Hosen“, zischte Dominik bissig.

„He, Vorgartenzwerg!“, gab Axel sofort zurück. „Spiel dich nicht auf.“

„Haltet die Klappe, ihr zwei!“, fuhr Lilo dazwischen. Sie knetete kurz ihre Nasenspitze und schlug dann vor: „Dominik, lös über die Uhr die Zacken am Eingang aus! Lass sie dreimal runter und wieder hoch fahren! Geschieht dann nichts, ist die Luft rein. Gibt es Alarm oder kommt Erik, wissen wir, dass wir zur falschen Zeit hier sind.“

Dominik fand die Idee gut, nahm die klobige Plastikuhr heraus und betätigte dieselben Knöpfchen wie am Nachmittag. In der Stille der Nacht war ein rasselndes Surren zu hören, das der Mechanismus der Stahlzacken erzeugte. Nachdem sie dreimal versenkt und wieder in die Höhe gefahren waren, warteten die Knickerbocker mit angehaltenem Atem.

Auf dem Grundstück von Erik Kronstummer

aber blieb alles ruhig. Niemand kam, kein Alarm, nicht einmal ein zusätzliches Licht ging an.

„Axel, du bleibst hier und hältst Wache“, entschied Lilo. Zu ihrer Überraschung war Axel sofort einverstanden. „Falls Kronstummer zurückkommt, warne uns.“

„Meine Pfiffe werdet ihr im Haus nicht hören“, meinte Axel.

Lilo holte ihr Handy aus der Tasche und hielt es ihm unter die Nase. „Wir leben nicht mehr in der Steinzeit. Ein Anruf tut es auch.“

Beleidigt verdrehte Axel die Augen. Lilo klopfte ihm auf den Rücken und gab Dominik das Zeichen für den Aufbruch.

Abermals löste Dominik den Mechanismus aus, der den Zugang freigab. Die beiden Knickerbocker drehten sich noch einmal zu Axel, streckten den Daumen in die Höhe und betraten dann den Garten von Erik Kronstummer.

Axel, der auf der gegenüberliegenden Straßenseite gegen einen Holzzaun gelehnt stand, kaute vor Nervosität an den Fingernägeln. Er bemerkte nicht, dass sie schon seit einiger Zeit beobachtet wurden.

Dominik und Lilo hatten schnell die Säule mit der Öffnung erreicht. Der Lift tauchte auf Tastendruck auf, sie stiegen ein und fuhren los.

„Das Ding fährt nicht nur nach unten, sondern durch einen Tunnel auch bis zum Haus und dort nach oben", flüsterte Dominik, während sie in der engen runden Kabine standen und nur an einem sanften Vibrieren spürten, dass sie in Bewegung waren.

Wie Dominik es beschrieben hatte, tauchte die Liftkabine im Haus aus einem Loch im Fußboden auf und hielt mit einem gedämpften Ruck.

Vor den beiden Junior-Detektiven lag ein hoher Raum, der von versteckten blauen und grünen Lichtern schummrig erhellt wurde. Noch immer in der Liftkabine stehend, versuchte Lilo Möbelstücke auszumachen, erkannte aber nur einen Sessel, der an eine Qualle erinnerte, einen Tisch, dessen Platte von einer riesenhaften Schildkrötenstatue getragen wurde, und einen Bildschirm in der Größe einer kleinen Kinoleinwand.

Lieselottes Herz fing wie wild an zu schlagen, als sie die Liftkabine verließ. Sie hatte den Fuß kaum aufgesetzt, als rund um sie neonweißes Licht aufflammte. Erschrocken flüchtete sie zum Lift zurück, stieß gegen Dominik, der ihr nachgekommen war, brachte ihn aus dem Gleichgewicht und stürzte mit ihm zu Boden.

Einen Augenblick lagen die beiden regungslos da

und hielten die Luft an. Sie rechneten damit, eine Stimme zu hören, die sie fragte, wie sie hier hereingekommen waren.

Im Raum blieb es jedoch völlig still.

„Elektronische Bewegungsmelder, die das Licht einschalten", stellte Dominik mit gepresster Stimme fest. Er drückte Lilo mit den Händen von sich, weil sie auf ihm lag und er nicht atmen konnte.

Das Superhirn der Bande stand mit wackligen

Beinen auf. Am liebsten hätte sie das Haus so schnell wie möglich wieder verlassen.

„Sollen wir weiter?“, flüsterte Dominik, dessen Kehle wie zugeschnürt war.

Lilo nickte kurz. Außer der Glastür in den Garten gab es nur noch einen weiteren Ausgang. Langsam steuerte Lieselotte darauf zu. Als sie den Kopf durchsteckte, ging das nächste Licht an. Sie befand sich jetzt in einer Art Diele mit weiteren rechteckigen Öffnungen in den Mauern, die zu Zimmern und zu einer kahlen Betontreppe nach oben führten.

Dominik und Lilo waren jetzt davon überzeugt, dass Erik tatsächlich nicht daheim war. Das Haus selbst erzeugte bei ihnen das Gefühl, in einem edlen Kerker eingeschlossen zu sein. Erik schien Beton zu lieben. Er besaß ein Bett aus Beton, Stühle und Tische aus Beton, eine Badewanne aus Beton und sogar eine Toilette aus Beton.

Das Haus war mit den modernsten elektronischen Spielereien ausgestattet. Lichtschalter gab es keine, alle Lichter gingen an, wenn man den Raum betrat. Die wenigen Türen waren alle elektronisch gesteuert und verschwanden auf Knopfdruck in der Wand.

Bei jedem Schritt, den die Knickerbocker machten, schien das Haus größer zu werden. Bei jedem Atemzug kam es ihnen vor, als würde es kälter rund um sie.

Das ganze obere Stockwerk war ein einziger riesiger Raum. Lieselotte zählte zwanzig Computerbildschirme, die zum Teil auf Betontischen standen, zum Teil an der Wand befestigt waren und zum Teil an dünnen Stahlseilen von der Decke hingen. Auf einigen liefen Computerspiele, die Dominik kannte.

„Ich kenne einige Leute, die viel dafür geben würden, hier zu sein", sagte er leise, während er von Bildschirm zu Bildschirm ging. „Das sind nämlich alles Teile aus Fortsetzungen von Spielen, die Commander Trilogy erfunden hat. In allen Zeitschriften und auf hunderten von Seiten im Internet rätseln seine Fans, wie die Spiele weitergehen und was er sich diesmal ausdenkt."

Lieselotte sah auf den verschiedenen Bildschirmen Saurier-Roboter, das Deck eines Segelschiffes, aber auch Raumschiffe von innen und außen, einen Delfin, der durch eine versunkene Stadt tauchte, und einen Vampir in den Gängen eines Schlosses.

„Wir hätten Axel mitnehmen sollen. Er hätte uns bestimmt sagen können, ob er hier irgendwo diesen Dämon entdeckt", sagte Lieselotte.

Dominik warf einen Blick auf die Uhr. „Wir sind schon eine halbe Stunde im Haus. Sollten wir nicht langsam gehen?"

„Warte noch!" Lilo ging abermals die Reihen der Computerbildschirme ab.

Axel trat von einem Bein auf das andere und schlang die Arme um die Brust. Er fror schrecklich und klapperte mit den Zähnen. Wo blieben Lilo und Dominik so lange?

In der Zeit, die sie sich jetzt schon in Erik Kronstummers Haus aufhielten, war kein einziges Auto durch die Straße gefahren. Es war auch kein Fußgänger aufgetaucht. In den zwei Gebäuden, die Axel von seinem Standort aus sehen konnte, war kein Licht ein- oder ausgeschaltet worden.

Obwohl er sich immer wieder gründlich umgesehen hatte, war ihm der versteckte Beobachter entgangen. Leise entfernte sich der Unbekannte, holte ein Handy heraus, das ein übergroßes Display auf der Rückseite besaß, und gab mit Hilfe eines Stiftes Daten ein. Er war nun im Internet und wählte die Seite an, über die er mit seinen Mitarbeitern in Kontakt treten konnte. Die Nachricht war einfach: Der Unbekannte gab den Auftrag, den Jungen, der in einer Straße der Villengegend stand und wartete, zu entführen. Er war genau die richtige Testperson, nach der schon so lange gesucht wurde. Im weißen Raum konnte dann endlich die Arbeit beginnen.

Und wieder würde es *Dämon* schaffen, dass niemand davon erfuhr. Auch später würde als Schuldiger für die Entführung des Jungen ein anderer herhalten müssen.

Die Nachricht erreichte die beiden Männer im Lieferwagen, als sie gerade losfahren wollten. Sie sahen einander an und seufzten tief. *Dämon* bezahlte gut, und nur deshalb nahmen sie auf sich, was er von ihnen verlangte.

Axel hörte den Wagen kommen und presste sich an den Zaun, vor dem er stand. Hier war es dunkel, da der Schein der Straßenlampe nicht bis zu ihm reichte. Er sah den Schriftzug an der Wagenseite. Der Name „Gärtnerei Freudensprung" fiel ihm auf.

Der Wagen verlangsamte sein Tempo nicht, sondern bremste abrupt. Instinktiv wollte Axel flüchten, doch die Männer, die aus dem Wagen sprangen, schnitten ihm den Weg ab und fingen ihn ein. Eine Hand, die noch nach Wurst und Senf roch, wurde auf sein Gesicht gepresst. Er bekam keine Luft und konnte auch nicht schreien. Wie ein Paket schleppten die Männer ihn zum Wagen. Der stämmigere der beiden presste ihn auf die Ladefläche.

Damit Axel weder flüchten noch sich bemerkbar machen konnte, blieb er auf ihm hocken.

Die Aktion hatte nur Sekunden gedauert. Die beiden Männer waren Profis. Sie machten so etwas nicht zum ersten Mal.

Der Lieferwagen der Gärtnerei fuhr wieder davon, ohne dass jemand etwas bemerkt hatte.

*Niemand* stimmte nicht ganz. *Dämon* hatte die ganze Aktion zufrieden beobachtet. Er überlegte, was die anderen beiden wohl sagen würden, wenn sie ihren Freund nicht antrafen, und beschloss, ihnen einen zusätzlichen Schreck zu versetzen.

# SCHRECKENSNACHT

Dominik und Lieselotte hatten nicht den kleinsten Hinweis darauf gefunden, dass Kronstummer mit dem Computer-Dämon etwas zu tun hatte. Er war besessen von Computerspielen und hatte zu deren Entwicklung die beste Ausrüstung. Dominik hatte eine Anlage entdeckt, in der Erik Figuren mit Hilfe des Computers basteln und in Bewegung setzen konnte. Auf einigen Rechnern liefen Programme, die ihm halfen, seine Spielideen sofort in die Tat umzusetzen und auszuprobieren.

„Diese Anlage", Dominik deutete mit beiden Händen auf die Bildschirme im Raum, „hängt vermutlich direkt mit der Entwicklungsabteilung einer Spielefirma zusammen, in der Eriks Ideen zu fertigen Spielen umgesetzt werden."

„Aha!“ Mehr konnte Lilo nicht dazu sagen.

„Ich habe einen langen Bericht über Commander Trilogy gelesen und dort stand, dass er zu den drei klügsten Köpfen unter den Computerspiel-Erfindern zählt. Es scheint keiner zu wissen, dass er hier wohnt und wie er wirklich heißt. Commander Trilogy hat aus seiner wahren Identität immer ein großes Geheimnis gemacht.“

Lilo nickte und brummte: „Stark!“ Sie machte ein paar Schritte, drehte sich um und sagte: „Der Verdacht, dass Erik mit dem Computerdämon zu tun hat, liegt doch nahe.“

Dominik gab ihr Recht.

„Du bist der Experte. Wie könnten wir in einem dieser Computer diesen Dämon finden?“

„Gar nicht!“ Dominik schüttelte bedauernd den Kopf. „Wenn jemand etwas plant … ich meine, eine Gaunerei … dann speichert er alles so ab, dass nur *er* darauf Zugriff hat. Es werden viele Codes und Schutzprogramme angelegt, und um die zu knacken, brauchst du erstens sehr viel Zeit und zweitens ist dazu ein echter Experte nötig.“

Lieselotte machte ein nachdenkliches Gesicht. Auf einmal richtete sie sich auf und bedeutete Dominik aufgeregt, still zu sein. Beide Knickerbocker hielten die Luft an. Stumm gab Lilo ihrem Freund zu verstehen, dass sie im unteren Stockwerk etwas gehört hatte. Sie machte mit den Fingern gehende Beine nach, um zu zeigen, dass dort jemand war.

Entsetzt öffnete Dominik den Mund. Sie befanden sich im obersten Stockwerk. Um das Haus zu verlassen, mussten sie nach unten. Der einzige Weg führte über die Treppe und war zu gefährlich.

Natürlich gab es für beide keinen Zweifel. Erik war zurückgekommen. Ob er eine Alarmanlage besaß, die nicht einfach losheulte, ihm aber Einbrecher meldete und anzeigte? In diesem High-Tech-Haus war alles möglich und denkbar.

Im Erdgeschoss hörte man Geschirr klappern und Gläser klirren. Erik summte vor sich hin.

Lilo huschte auf Zehenspitzen zur Wandöffnung, die auf den Flur führte, steckte den Kopf ins Halbdunkel, wagte es aber nicht, den Computerraum zu verlassen, da sie wusste, dass dann sofort das Licht angehen würde.

Erik richtete sich unten auf einen gemütlichen Abend ein. Wahrscheinlich ließ er sich in genau dem Raum nieder, in dem sich der Zugang zum Lift nach draußen befand.

Verzweifelt gaben Lilo und Dominik einander zu verstehen, dass sie etwas unternehmen mussten. Aber was?

Vom Nachbargrundstück, auf dem sich die Villa der alten Frau Kronstummer und Edgars Glashaus befanden, ertönte eine Stimme. Es war die alte Dame, die durch die Nacht rief.

„Edgar! Komm endlich ins Haus. Willst du bei deinem Unkraut übernachten? Ich erwarte dich in einer Minute im Salon!"

Durch ein quadratisches Fenster konnten die Junior-Detektive zum Park hinübersehen. Das Glashaus wurde von innen erleuchtet. Schwach gelbes Licht fiel durch die Glasscheiben auf den Rasen.

Im Inneren bewegte sich ein Schatten. Edgar hatte sich wieder einmal, wie schon so oft nach der schweren beruflichen Niederlage, zu seinen Pflanzen geflüchtet. Der Schatten machte nicht den Eindruck, als wäre er durch den Ruf der alten Frau Kronstummer aus der Ruhe gebracht worden.

Von unten drang ein langer, zufriedener Seufzer. Dominik stellte Lilo pantomimisch dar, dass sich Erik niedergesetzt haben musste.

Die beiden waren im Computerraum gefangen. Es war nur eine Frage der Zeit, bis Erik sie entdeckte. Er würde sicher die Polizei rufen. Wenn Herr Klingmeier von ihrem nächtlichen Ausflug erfuhr, würde es nicht nur für Axel großen Ärger geben.

Lautlos schimpfte Lilo vor sich hin. Axel hätte sie doch warnen sollen. Sie zog ihr Handy heraus und drückte eine Taste, damit die Anzeige beleuchtet wurde. Der Empfang im Haus war gut, und es war kein Anruf eingegangen.

Schlief Axel? Er musste Erik doch gesehen haben. Oder hatte Erik einen Weg genommen, den sie nicht kannten?

Lieselotte ging ganz nach hinten in den Computerraum und drückte die Taste, auf der sie Axels Handynummer gespeichert hatte.

Der Lieferwagen mit dem Firmenlogo der Gärtnerei kurvte durch die Straßen und näherte sich bereits dem Ziel der Fahrt. Axel lag, den linken Arm an die Brust gezogen, den rechten unter dem Kopf, auf der Ladefläche und wurde noch immer von dem Gauner auf den Boden gepresst. Mit der rechten Hand hielt Axel sein Handy umklammert. Es nützte ihm nichts. Eine Nummer wählen konnte er nicht, weil er die Tastatur nicht sah und sich nicht genug bewegen konnte, um eine ganze Nummer einzutippen. Der Mann über ihm zerquetschte ihn fast. Axel bekam kaum Luft.

Er hatte schreckliche Angst. Das Gefühl, nichts unternehmen zu können, den Gaunern hilflos ausgeliefert zu sein, raubte ihm den Mut. Tränen liefen ihm über die Wangen, so verzweifelt war er.

Was würde mit ihm geschehen? Was hatten diese Männer vor? Wieso entführten sie ihn überhaupt?

Axel schauderte. Er hatte noch vor Augen, wie die Männer mit Gerry umgegangen waren.

Zuerst bemerkte er das Vibrieren in seiner Hand nicht. Er dachte, der Lieferwagen sei über ein Stück Schotterstraße gerumpelt. Erst beim dritten Mal wurde ihm klar, dass sein Handy läutete. Das Piepen wurde vom Motorlärm übertönt, das Vibrieren aber spürte Axel.

Mit dem Daumen gelang es ihm, die Taste zu erfühlen, mit der er ein Gespräch annehmen konnte.

Das Handy befand sich knapp unterhalb seines Mundes. Da das Vibrieren abbrach, wusste er, dass das Gerät auf Empfang war und ihn jemand hören musste.

„Hilfe … in einem Lieferwagen … entführt!“, zischte er und achtete dabei auf jede Reaktion seines Peinigers über ihm. Unter keinen Umständen durfte er gehört werden.

„Ein Gärtnerei-Lieferwagen“, flüsterte Axel weiter. „Gärtnerei Freudensprung.“

Die Stimme des Anrufers ging im Krach, den der Wagen beim Fahren machte, fast völlig unter. Sie drang nur als hohes Zwitschern zu Axel und klang wie eine Wespe, die in einem Glas gefangen war.

Der Wagen nahm eine Kurve und neigte sich stark nach vorn. Sie fuhren also irgendwo hinunter, Axel vermutete aufgrund der Geräusche, dass es in eine Tiefgarage ging.

„Tiefgarage. In der Stadt“, konnte er noch durchgeben, dann brach der Kontakt ab.

Poppi kauerte in Axels Zimmer auf seinem Bett und hatte die Beine zum Kinn hochgezogen. Dunkelgraues Licht erfüllte den Raum und gab den Möbelstücken ein gespenstisches Aussehen. Aus einem Wandschrank mit offener Tür wurde ein Monsterschädel mit aufgerissenem Maul. Ein kleiner Fernseher und ein rundes Glas, die nebeneinander standen, wirkten wie glotzende Riesenaugen.

Die Uhr zeigte halb elf. Herr Klingmeier war noch nicht nach Hause gekommen. Besorgt blickte Poppi zu den Rundungen in den Schlafsäcken. Würde Axels Vater die Kissen tatsächlich für Lilo, Axel und Dominik halten?

Von der Diele her ertönte ein Klopfen. Erst zart und vorsichtig, dann heftiger. Poppi schnappte nach Luft wie ein Goldfisch auf dem Trockenen. Ihr Herz raste und sie hatte das Gefühl umzufallen, wenn sie sich nur einen Zentimeter vom Bett entfernte.

Wer klopfte da? Herr Klingmeier konnte das nicht sein. Er besaß einen Schlüssel.

Das Klopfen wurde fordernder.

Auf dem Nachtkästchen neben dem Radiowecker stand ein Telefonapparat. Poppi schnappte den Hörer und wählte Lieselottes Handynummer. Ihre Finger zitterten dabei so heftig, dass sie mehrere Male die falsche Taste drückte und noch einmal von vorne beginnen musste.

Sie hörte das Freizeichen. Einmal, zweimal, dreimal.

Das Klopfen an der Tür war verstummt. Poppi atmete erleichtert auf.

Sie hatte sich zu früh gefreut. Als Nächstes hörte sie ein Klicken und Knirschen. Jemand versuchte, das Schloss zu knacken.

# EINBRECHER

Lilo hatte alle Muskeln angespannt, als sie Axels verzweifeltes Flüstern gehört hatte. Viel hatte sie nicht verstanden, denn dazu waren die Hintergrundgeräusche zu laut und seine Stimme zu leise gewesen. Irgendetwas mit Freudensprung und Gärtnerei war da gewesen und mit Tiefgarage in der Stadt. Vor allem aber das Wort „Entführung“ hallte immer wieder in ihrem Kopf. Dass sich Axel in größter Gefahr befand, war ihr klar.

Das Gespräch riss mitten drin ab. Eine halbe Minute lang stand Lieselotte wie versteinert da und hielt das Handy weiter ans Ohr. Sie hörte nichts, sie sagte nichts, Gedanken wirbelten durch ihren Kopf.

Sie mussten endlich raus aus dem Haus und zurück auf die Straße. Vielleicht würde Axel wie durch ein Wunder noch an derselben Stelle stehen, an der sie sich getrennt hatten. Vielleicht hatte sie sich ja nur verhört. Vielleicht war alles ein Irrtum.

Sie klammerte sich an diese Hoffnung wie ein Ertrinkender an einen Strohhalm, obwohl sie insgeheim selbst nicht daran glaubte.

Schrill begann das Handy die Titelmelodie eines Action-Filmes zu spielen. Die Töne dröhnten durch den Computerraum wie Trompetenstöße und Lilo ließ erschrocken das Telefon fallen. Hart schlug es auf den glatten Boden und rutschte ein Stück über den Beton. Es hörte aber nicht auf zu klingeln.

Dominik kam angerannt und warf sich mit dem Körper über das Handy. Die Melodie erstarb. Hektisch fingerte er unter seinem Bauch nach dem kleinen Telefon, riss es hoch und drückte die Taste, die ankommende Anrufe abwies.

„Nicht!", flüsterte Lieselotte in diesem Augenblick, doch es war zu spät. Sie entriss ihm das Gerät und tastete darauf herum, bis sie sah, wer angerufen hatte. Es war eine Nummer, die sie schon einmal gesehen hatte.

„Sieh nach, ob Erik uns gehört hat", trug Lilo Dominik auf, während sie sich zu erinnern versuchte, wem die Telefonnummer gehörte, die da auf der Anzeige stand. Sie holte tief Luft, um ein wenig ruhiger zu werden und ihre abgespeicherten Nummern durchzugehen. Hastig scrollte sie von einer zu anderen.

Dominik hatte einen Schritt zu weit aus dem Computerraum gemacht, sodass das Licht im Flur anging und auch im gesamten Treppenhaus. Der Lichtschein musste in den Wohnraum fallen und Erik endgültig auf sie aufmerksam machen.

Die Geräusche deuteten darauf hin, dass er aufgestanden war und nachsehen kam.

In Panik fuchtelte Dominik mit den Armen in Lilos Richtung. Vergeblich!

„Lilo!“, wisperte Dominik. Sie sah auf und ihr war sofort klar, was geschehen war. Mit ein paar schnellen Schritten war sie bei ihm. Er deutete mit dem Zeigefinger die Treppe hinunter. Aus dem Erdgeschoss drang Räuspern. Die Schritte wurden lauter.

„Wir müssen uns stellen. Es bleibt uns nichts anderes übrig“, raunte ihm Lieselotte zu.

„Es muss einen Ausweg geben“, jammerte Dominik.

An der Wand stand ein Sofa, das nur aus einer glatten Sitzfläche und zwei kantigen Armstützen bestand. Über die Lehne geworfen lag eine Decke. Lilo riss sie hoch, faltete sie auf und hielt sie wie einen Schutzschild vor sich.

„Komm“, zischte sie und begann die Treppe hinunterzugehen. Dominik folgte dicht hinter ihr.

Noch immer hielt Poppi den Hörer umklammert. Wieso nahm Lieselotte nicht ab? Die Mobilbox hatte sich eingeschaltet.

Das Knacken an der Wohnungstür hörte nicht auf. Es bestand kein Zweifel: Jemand versuchte die Tür aufzubrechen.

Poppi rutschte vom Bett und stand zitternd im düsteren Zimmer. Sie zwang sich, auf die Zimmertür zuzugehen, nach der Klinke zu greifen und sie niederzudrücken.

Vor ihr lag die Diele. Links befand sich die Wohnungstür. Poppi sah einen dünnen Lichtschein unter der Tür, in dem sich die dunklen Schatten von Schuhen bewegten. Es waren offenbar mindestens zwei Leute.

Zur Wohnungstür zu schleichen und durch den Spion nach draußen zu spähen, traute sich Poppi nicht. Schon jetzt waren ihre Knie weich und sie musste sich energisch zureden, um sich nicht einfach auf den Boden fallen zu lassen.

An der Wand neben dem Türrahmen befand sich ein Lichtschalter. Ohne lange darüber nachzudenken, drückte Poppi darauf. An der Decke flammte eine lange Reihe kleiner Scheinwerfer auf, die die Bilder beleuchteten, die Axels Vater sammelte.

Augenblicklich verstummten vor der Tür die Geräusche. Sekunden verstrichen. Dann wurde wieder geklopft.

„Öffnen Sie bitte! Wir haben Ihnen etwas Wichtiges mitzuteilen“, bat eine drängende Männerstimme.

Barfuß huschte Poppi jetzt doch zur Tür und warf einen Blick durch den Spion. Auf dem Gang standen zwei Männer. Einer der beiden trug einen hellen Trenchcoat, hatte silbriges Haar und eine stark getönte Brille. Der andere war jünger und trug eine braune Wildlederjacke.

Poppi erkannte die Männer. Der eine hatte versucht, den anderen Männern den Computer abzunehmen, den sie von Axel geholt hatten. Axel hatte ihn genau so beschrieben. Sein Partner konnte derjenige sein, der vor dem Theater auf Dominik gewartet hatte. Sie erinnerte sich, Dominik von einer Wildlederjacke sprechen gehört zu haben.

Poppis Atem ging pfeifend. Sie schnappte ein paarmal nach Luft, bevor sie einen Ton herausbrachte.

„Was wollen Sie?“

„Es geht um Kinder. Es sind vier und sie befinden

sich in größter Gefahr." Der Silberhaarige hatte gesprochen. Er stutzte kurz und fragte dann: „Gehörst du zu ihnen? Bist du eines der beiden Mädchen?"

Was sollte sie antworten? Vielleicht meinten es die Männer gut? Warum aber hatten sie dann versucht einzubrechen?

„Wieso in Gefahr? In was für einer Gefahr? Was ist los?", wollte Poppi wissen. Sie hielt Abstand von der Tür, als könnte diese jederzeit auffliegen.

„Bist du allein? Wo sind eure Eltern?"

„Ich rufe die Polizei!", drohte Poppi mit zitternder Stimme.

Der Mann blieb ruhig. „Das kannst du gerne tun. Wir sind dann fort und die Polizei hat keine Ahnung, wo deine Freunde sind. Wir schon."

Sollte Poppi das glauben? Sie kämpfte mit sich. Es galt jetzt, die Nerven zu bewahren.

„Warten Sie bitte", sagte sie und ging in Axels Zimmer zurück. Ihre beiden Ratten hatten es sich auf dem Kopfkissen bequem gemacht und schliefen eng aneinandergekuschelt. Poppi weckte sie und die beiden waren sofort hellwach und bereit etwas zu unternehmen. Als Poppi sie hochhob, kletterten sie auf ihren Lieblingsplatz auf Poppis Schulter.

Auf der Bettkante kauernd, wählte Poppi erneut die Nummer von Lieselottes Handy.

# FLUCHT

In Erik Kronstummers Villa gingen Lilo und Dominik mit schnellen Schritten die Treppen hinunter. Die Decke hielten sie in Brusthöhe, jederzeit bereit sie vor das Gesicht zu reißen, um nicht erkannt zu werden.

Lilos Sportschuhe hatten weiche Sohlen und machten keine Geräusche. Dominik, von seinen Freunden auch manchmal spottend als „Sir" bezeichnet, bevorzugte Lederschuhe mit harter Ledersohle. Schleichen war damit unmöglich. Auf den Betonstufen klapperten die Schuhe deutlich hörbar.

Immer wieder zischte Lilo „Pssst", aber Dominik zuckte nur verlegen mit den Schultern, weil er nichts daran ändern konnte.

Sie hatten den letzten Treppenabsatz erreicht,

von dem aus etwa zwanzig Stufen nach unten in die Halle der Villa führten. Von dort gelangte man durch ein Durchbruch in den Salon, in dem sich auch der Lift befand.

Lilo sah gerade noch, wie ein Schatten in den Salon huschte. Erik hatte also in der Halle gestanden und wahrscheinlich nach oben geblickt. Gesehen haben konnte er sie nicht. Hätte er sie erkannt, hätte er sich bestimmt gemeldet.

„Los!“, gab sie das Kommando. „In den Salon, durch die Tür in den Garten und dann fort!“

Die Knickerbocker rannten los. Das heißt, eigentlich rannte nur Lilo los, doch da Dominik ebenfalls den oberen Rand der Decke hielt, wurde er mitgerissen. Um ein Haar wäre er die Treppe hinuntergestürzt.

Die Schritte der zwei trappelten über die Stufen und erzeugten einen Trommelwirbel.

Im Lichtschein, der aus dem Salon auf den Flur fiel, bewegte sich hektisch der Schatten von Erik.

Die Decke vor die Köpfe haltend, drängten Lilo und Dominik in den Salon und steuerten die Tür zum Garten an.

Sie hatten den Durchgang gerade erreicht, als Lieselottes Handy wieder piepste. Im nächsten Augenblick traf beide gleichzeitig ein schwerer, harter Gegenstand und schleuderte sie nach hinten. Sie stürzten, die Decke noch immer umklammert, und ein Möbelstück landete polternd auf ihnen.

Dominik glaubte zu hören, dass die Tür zum Garten aufgerissen wurde. Das Geräusch kannte er von seinem letzten Besuch, als Erik ihn zum Spaß im Lift mitgenommen hatte. Eine sehr große Glasscheibe klirrte und Erik stürzte Hals über Kopf in den dunklen Garten.

Lilo und Dominik wollten gleichzeitig aufspringen, stießen dabei zusammen und fielen wieder zurück. Sie verhedderten sich in der Decke, stießen das Ding von sich, das sie beide so schmerzhaft getroffen hatte, schafften es nach mehreren Versuchen, sich zu befreien und mit hochroten Köpfen aufzustehen. Beide sahen aus wie nach einem Ringkampf. Lieselotte hingen die Haarsträhnen ins Gesicht, Dominik war schweißnass.

Erik hatte einen Stuhl aus gebogenem Metallrohr und Holz nach ihnen geworfen und war tatsächlich in den Garten gelaufen.

Lilo gab Dominik einen kräftigen Stoß und riss ihn am Ärmel hinter sich her aus der Villa, hinaus in die kalte Nacht.

Im Haus begann eine Sirene zu heulen. Der Ton schwoll an und ab und war schrill und durchdringend. Eine blecherne künstliche Stimme forderte: „Verlassen Sie sofort das Gebäude. Ein Betäubungsgas strömt in zehn Sekunden aus."

Lilo und Dominik waren bereits im Garten und Lilo steuerte die Hecke an, hinter der sie schon einmal das Grundstück verlassen hatte. Sie spürte, dass Dominik mit einem Ruck stehen blieb, und wollte ihn mit sich reißen, doch er schüttelte sie ab. Dominik hatte die Uhr mit den Fernbedienungsfunktionen hochgehoben und auf das Haus gerichtet. Er drückte Knöpfe und Schalter und das Unfassbare geschah: Der Alarm verstummte. In der Villa erloschen alle Lichter.

Erst jetzt erinnerte sich Lilo wieder an ihr Handy,

das noch immer klingelte. Sie riss es in die Höhe, ging auf Empfang und presste es ans Ohr.

„Axel?", fragte sie hoffnungsvoll.

„Nein, Poppi! Was ist mit Axel?"

Während sie telefonierte, kämpfte sich Lilo durch die Hecke und am Zaun entlang. Nur hinaus auf die Straße, war ihr einziger Gedanke.

Auf dem Nachbargrundstück strahlten Scheinwerfer die Fassade der Villa mit den Türmchen und Erkern an. Noch immer brannte Licht im Glashaus von Edgar Kronstummer.

Als die zwei Knickerbocker die Straße erreichten, hatte Lilo von Poppi alles erfahren, was geschehen war. Keuchend standen Dominik und Lieselotte auf dem Bürgersteig, während hinter ihnen die gigantischen Metallzacken wieder aus dem Boden fuhren.

„Mach nicht auf", entschied Lilo. „Warte noch! Gib den Typen meine Handynummer. Sie sollen mich anrufen."

Poppi versprach es.

„He, und Poppi", sagte Lilo noch schnell, bevor sie auflegte.

„Ja?"

„Echt gut gemacht!"

Poppi fühlte sich gestärkt, als sie den Hörer zurücklegte und hinaus in die Diele trat.

Weil sich die Ereignisse derart überstürzt hatten, wusste Dominik noch nicht, dass Axel verschwunden war. Lilo war keine Zeit geblieben, ihn darüber zu informieren. Deshalb sah er sich jetzt suchend um und wunderte sich, wo Axel geblieben war. Abermals bekam er keine Erklärung, denn Lieselottes Handy meldete ein Gespräch.

„Wer sind Sie?“, wollte Lilo von dem Anrufer wissen.

„Das können wir nicht preisgeben. Nur so viel: Wir sind seit längerer Zeit hinter einem Dieb her, der sich den Decknamen *Dämon* gegeben hat. Er hat eine Technologie gestohlen und wir vermuten, dass er damit ein Verbrechen in größtem Stil plant. Es handelt sich um Technologie, die für Kriegszwecke entwickelt wurde und die er wahrscheinlich weiterentwickeln lässt, um sie dann auf raffinierte und vorerst unsichtbare Weise einzusetzen.“

Lilo schluckte. Ihr schwirrte der Kopf. Wovon redete der Mann? War sie zu dumm oder war tatsächlich alles so kompliziert?

„Ja, und?“ Sie wollte unbedingt noch mehr erfahren.

„Es gibt einen Maulwurf im Team von *Dämon*. Er hat uns Informationen verkauft. So sind wir in dieses Land gekommen und haben erste Spuren entdeckt. Eine hat zu Gerry, dem Computerhändler, geführt, den ihr kennt."

Lieselotte hatte beschlossen zu schweigen. Dieser Trick brachte die meisten aus der Ruhe und sie redeten dann mehr, als sie eigentlich verraten wollten.

„Gerry wurde von *Dämon* benutzt, um präparierte Computer an ahnungslose Leute zu verhökern. Er vertreibt öfters Hehlerware und hielt die Geräte für gestohlen. Wir haben ihm die Geräte alle abgekauft. Dabei ist uns ein Fehler unterlaufen. Er hat ein Gespräch zwischen mir und meinem Kollegen belauscht, in dem wir über die mögliche Gefährlichkeit der Computer gesprochen haben."

„Axel hat so einen Computer bekommen und ein Dämon hat sich bei ihm gemeldet", warf Lilo ein.

Sie benutzte die Bemerkung wie einen Köder und der Mann biss an.

„Das wissen wir. Gerry spielt leider immer falsch. Er hat ein Gerät zurückbehalten und es an deinen Freund abgegeben. Es scheint harmlos zu sein im Vergleich zu dem, was wir glauben, was *Dämon* plant."

„Was sollen diese Andeutungen?", fauchte Lilo entnervt.

„Gerry hat deinen Freund als Versuchskaninchen benutzt. Er hat aber nicht damit gerechnet, Ärger zu bekommen, weil er die anderen Computer an uns und nicht an normale Kunden verkauft hat."

Der Mann atmete hörbar und schien nachzudenken, was er Lilo noch verraten sollte.

„Wir haben Gerry aufgestöbert. Er hat versucht, sich bei seiner Mutter zu verstecken. Er hat uns informiert, dass ihr keine gewöhnlichen Kinder seid, sondern euch für Hobbydetektive haltet. Deshalb sind wir gekommen, um euch zu warnen. Falls ihr auch nur zufällig *Dämons* Pläne kreuzt, seid ihr in Lebensgefahr."

In diesem Moment hatte Lilo das Gefühl, als hätte jemand die Zeit angehalten.

„Wieso haben Sie versucht, in die Wohnung einzubrechen?", brachte sie langsam heraus.

„Wir, mein Kollege und ich, haben beide selbst Kinder. Es war mühsam, eure Adressen herauszufinden. Es gehört aber zu unseren Aufgaben, so etwas zu schaffen, und es ist uns gelungen. Doch ihr wart nirgendwo. Nur aus Sorge wollten wir nachsehen, ob ihr vielleicht einfach schlaft und doch alles in Ordnung ist."

Ein Windstoß fegte durch die Straße und riss Blätter von den Ästen. Lilo fror. Sie glaubte dem Mann. Aber was sollte weiter geschehen? Obwohl sie normalerweise auch in gefährlichen Situationen einen klaren Kopf behielt, fiel es ihr diesmal verdammt schwer, ruhig zu überlegen.

„Können Sie zu uns kommen? Und Poppi mitbringen?“, fragte sie leise.

„Das Mädchen mitbringen?“ Der Mann wollte das nicht, das war ihm anzuhören.

Lilo überlegte, ob sie Poppi damit vielleicht in Gefahr brachte. Die Männer konnten auch Betrüger sein, die ihr gerade eine perfekt ausgedachte Geschichte aufgetischt hatten.

Im Hintergrund hörte sie eine Tür aufgehen. Poppi sagte: „Ich habe alles gehört. Ich will sofort zu meinen Freunden. Wenn Sie mich nicht mitnehmen, dann fahre ich ... mit dem Taxi.“

„Wir kommen“, willigte der Mann ein. Er ließ sich von Lieselotte beschreiben, wo Dominik und sie warteten, und schärfte ihr ein, sich nicht vom Fleck zu bewegen.

Das Warten auf die Männer und Poppi war für Lilo und Dominik wie eine qualvolle Folter. Lieselotte plagten vor allem Zweifel, ob sie das Richtige getan hatte. Die Angst, Poppi in Gefahr gebracht zu haben, machte sie völlig fertig.

# ENTFÜHRUNG NUMMER ZWEI

*Dämon* sah alles. Er hatte nicht nur die Flucht der beiden Knickerbocker aus der Villa von Erik Kronstummer beobachtet, sondern ließ sie auch jetzt, während sie auf der Straße standen, keine Minute aus den Augen.

Ihm gefiel nicht, dass Lilo so lange telefonierte.

Ihm gefiel nicht, dass sie über das Verschwinden ihres Freundes nicht viel mehr aus der Ruhe war. Es sah aus der Ferne aus, als würden sie einen Plan schmieden. *Dämon* fürchtete keine Sekunde, dass diese zwei Rotznasen sein Vorhaben durchkreuzen könnten. Auf diese Idee kam er gar nicht. Er fürchtete nur das Glück, das gerade solche Hobby-Schnüffler manchmal hatten. Außerdem witterte er seit einiger Zeit einen Verräter in seinem eigenen

Labor, hatte aber bisher nicht herausfinden können, um wen es sich handelte. Sobald er den Kerl entlarvt hatte, würde er ihn erledigen.

Aufgeregt lief *Dämon* hin und her und knirschte mit den Zähnen, bis es schmerzte.

Noch immer standen die beiden Kinder da und schienen auf etwas zu warten. Auf etwas oder besser gesagt auf jemanden.

Hatten sie die Polizei alarmiert?

Am liebsten hätte *Dämon* auch diese beiden von seinen Leuten einfangen und für seine Zwecke verwenden lassen. Er fürchtete aber, das Verschwinden der Kinder könnte sehr schnell entdeckt werden.

Wovor fürchte ich mich? Keiner würde sie finden, da niemand auch nur den Schimmer einer Ahnung hat, dass sich hier ein Labor befindet, dachte er mit einiger Zufriedenheit. Was mit den Kindern nach den Versuchen geschehen sollte, hatte er bereits festgelegt.

Auf einmal kamen ihm Zweifel an seiner Idee. Würde er sich damit nicht selbst in Gefahr bringen? Er beschloss, noch einmal darüber nachzudenken.

„Die zwei müssen auch noch weg“, entschied er und wählte sich ins Internet ein, um den Auftrag zu geben.

Axel war unsanft aus dem Lieferwagen gezerrt worden. Die Männer waren offenbar darin geübt, Leute unter Kontrolle zu halten. Mit sicherem Griff hatten sie seine Handgelenke und Knöchel umfasst, sodass jede Gegenwehr unmöglich war. Damit er nicht sah, wo sie sich befanden und wohin sie ihn brachten, war ihm ein stinkender Stoffsack über den Kopf gezogen worden.

Axel flehte, dass sein Hemd, das bei dem Kampf zum Teil aus der Hose gerutscht war, nicht weiter rutschen würde. Er hatte das Handy beim Hemdkragen hineingestopft, weil die Männer es sonst vielleicht entdeckt hätten. Jetzt spürte er es auf dem Bauch, wo das Hemd noch im Hosenbund steckte. Aber ein Ruck würde reichen und das Hemd würde hochrutschen und das Handy auf dem Boden landen.

Axel stieg ein Geruch in die Nase, den er gut kannte. Er nannte ihn den Neue-Wohnung-Geruch. Mit seiner Mutter war er erst vor ein paar Monaten in eine neue Wohnung gezogen, in der alles genauso gerochen hatte wie hier: nach Farbe, Tapetenkleister und Lack.

Türen wurden geöffnet und schlossen sich mit leisem Klicken automatisch wieder. Er spürte, dass er durch mehrere Räume getragen wurde, in denen es unterschiedlich warm oder kalt war. Durch das Stoffgewebe konnte er nur erkennen, wie stark das Licht in den Räumen war. Meistens war es schummrig.

Auf einmal aber, er wurde durch eine Luke nach oben getragen, schien rund um ihn alles zu leuchten. Einer der Männer zog ihm den Sack vom Kopf.

Axel befand sich, wie er auf den ersten Blick feststellen konnte, in einem strahlend weißen Raum. Die Einrichtung bestand nur aus einem Computer und einem Stuhl mit zahlreichen Fesseln, die ihn wie ein Folterinstrument erscheinen ließen.

Panik erfasste ihn. Er sah das dunkle Rechteck der Bodenöffnung und riss sich unter Aufbietung seiner ganzen Kraft los. Die Männer waren so überrascht, dass er sich tatsächlich ihrem Griff entwinden konnte.

Axel erreichte die Öffnung. Er hörte hinter sich seine Verfolger und nahm sich nicht die Zeit, nach einer Leiter oder Treppe zu suchen, sondern sprang. Er fiel nicht allzu tief, doch bei dem harten Aufprall spürte er einen Stich, der ihn von seinem rechten Fuß bis in die Schulter durchzuckte. Der Schmerz war so heftig, dass Axel schwarz vor Augen wurde und er das Bewusstsein verlor.

Der Wagen mit den beiden Männern und Poppi raste über die Autobahn.

Der Jüngere drehte sich nach hinten, wo Poppi auf der Rückbank kauerte. Die Ratten Max und Moritz hatten es sich unter ihrer Jacke bequem gemacht und steckten nur ab und zu neugierig die Nasen durch den geöffneten Reißverschluss.

Der Mann hob fragend die Augenbrauen. „Wie heißt du?"

„Poppi. Und Sie?"

Es folgte ein fragender Blick zu dem Silberhaarigen, der ganz kurz den Kopf schüttelte. Der Jüngere grinste entschuldigend, weil er seinen Namen nicht nennen durfte.

„Du kannst uns Sergej und Ivan nennen", bot der Silberhaarige an.

„Wer ist Sergej?", wollte Poppi wissen.

Die Antwort lautete überraschenderweise: „Suche es dir aus."

„Gut, dann sind Sie es!" Poppi klopfte ihm mit dem Finger auf die Schulter. Die Namen waren also erfunden, doch Poppi wunderte gar nichts mehr. Ein Schild am Straßenrand zeigte an, wie viele Kilometer es noch zu den nächsten Abfahrten waren.

„Wir sind bald da!", meldete Poppi. „Es ist die übernächste Abfahrt."

Sergej nahm sein Handy und drückte die Wiederwahltaste. Gleich nach dem ersten Freizeichen meldete sich Lieselotte. Auf die Frage, wie es ihr und Dominik gehe, antwortete sie zuerst mit „in Ordnung“. Dann aber war zu hören, dass sie heftig erschrak.

„Da sind sie … sie wollen uns auch noch holen“, rief sie aufgeregt.

Mit abgeblendeten Scheinwerfern war ein dunkelroter Lieferwagen langsam auf die wartenden Knickerbocker zugerollt. Im Inneren befanden sich die beiden Männer, die bereits Axel entführt hatten. Der Befehl ihres Auftrag- und Geldgebers hatte sie erreicht, und sie beeilten sich, ihn zu seiner Zufriedenheit auszuführen.

Erst als der Wagen nur noch wenige Meter von Dominik und Lilo entfernt war, wurde die Beifahrertür aufgerissen und der Stämmige sprang heraus. Lilo erkannte die Gefahr sofort. Sie schrie Dominik zu: „Weg! Schnell!“ und rannte los.

Dominik starrte auf den Stämmigen wie das Kaninchen auf die Schlange.

Lieselotte war bereits mehrere Schritte gelaufen, als sie bemerkte, dass Dominik nicht hinter ihr war. Sie drehte den Kopf und sah ihn noch immer wie angewurzelt dastehen. Der Stämmige würde ihn gleich erreichen.

„Dominik! Renn!“, wollte Lilo schreien. Doch sie brachte nur ein dünnes Piepsen zustande, das Dominik nicht hörte.

Der Stämmige grinste spöttisch, als er den geschockten Dominik an der Jacke packte und festhielt. Der Knickerbocker machte keine Anstalten sich zu wehren oder zu fliehen. Nach den Aufregungen dieser Nacht war der Überfall einfach zu viel für ihn.

Noch immer hielt Lilo das Handy in der Hand. Sergej brüllte im Auto in sein eigenes Gerät und hoffte, Lilo würde ihn hören.

„Wie heißt deine Freundin?“, wollte er von Poppi wissen.

Poppi nannte den Namen und Sergej schrie in das Mikrofon des Gerätes: „Lilo! Was ist los? Wer ist da? Sag etwas!“

Doch Lilo bekam kaum mit, dass Sergej mit ihr redete.

„Nicht! Lassen Sie Dominik los!“, hörte Sergej sie krächzend rufen.

Er presste sein Telefon fest ans Ohr, um jedes Geräusch mitzubekommen.

Da waren Schritte. Dann entfernt eine sehr tiefe,

raue Männerstimme, die forderte, Lilo solle in den Wagen steigen. „Dann geschieht deinem Freund nichts!“, versprach der Unbekannte.

Poppi hatte sich zwischen die Vordersitze gepresst und starrte Sergej angespannt an. Vor Aufregung kaute sie sich die Lippe blutig.

„Orten! Hack dich ins Handy-Netz!“, zischte Sergej Ivan zu.

Ivan öffnete das Handschuhfach und zog einen Laptop heraus. Er klappte den tragbaren Computer auf, und nach wenigen Sekunden leuchtete der Bildschirm blau. Poppi erkannte, dass aus dem Gerät Kabel kamen, die im Handschuhfach verschwanden. Dominik wüsste wahrscheinlich, wozu sie dienten. Eines stand aber auch für sie fest: Die Männer waren ausgezeichnet ausgerüstet.

„Hallo? Mädchen? Lilo! Antworte!“, sagte Sergej ins Handy.

„Was ist mit ihr?“, bedrängte ihn Poppi. Er schilderte ihr mit wenigen Worten, was er mitbekommen hatte, und Poppi wurde kreidebleich. Ihr Unterkiefer begann zu zittern, wofür sie sich sehr schämte.

„Die Nummer … die Nummer des Handys deiner Freundin!“, zischte Sergej in Poppis Richtung.

Poppis Stimme bebte, als sie die Nummer Ziffer

für Ziffer aufsagte. Ivan stieß beim Eintippen mit dem Mittelfinger auf die Tasten herab wie ein Greifvogel auf seine Beute.

Sergej raste mit stark überhöhter Geschwindigkeit über die Autobahn und warf aus den Augenwinkeln immer wieder einen fragenden Blick auf den Bildschirm des aufgeklappten Computers. Dort liefen lange Reihen von Zahlen und Zeichen, die Poppi gar nichts sagten.

„Und? Was ist?“, fragte Sergej ungeduldig.

Ivan wackelte hektisch mit den Händen. „Er sucht. Hoffentlich legt sie nicht auf.“

„Was tun Sie da?“, fragte Poppi vorsichtig. Am Rand der Autobahn sah sie wieder ein großes blaues Schild.

„Achtung! Die Abfahrt!“, schrie sie.

Sergej erschrak und trat heftig auf die Bremse. Poppi wurde nach vorn geschleudert und der Laptop raste von Ivans Knien in den Fußraum. Es gelang Sergej gerade noch, in die Abfahrt einzubiegen.

„Idiot!“, schimpfte Ivan. „Jetzt war alles umsonst. Wir finden sie nie.“

Poppi, die hart mit dem Arm auf der Handbremse aufgeschlagen war und sich außerdem in die Lippe gebissen hatte, kämpfte sich zwischen den Sitzen wieder nach hinten auf die Rückbank.

Sergej war das Handy aus der Hand gefallen und gegen die Windschutzscheibe geknallt. Suchend sah er sich um. Der Wagen geriet dabei ins Schlingern und Poppi schrie auf.

„Vorsicht. Schauen Sie auf die Straße!"

„Sei still, Kleine!", schnauzte Sergej.

„Sie hat Recht!", stimmte Ivan Poppi zu.

Es war dann Poppi, die das Handy fand. Auf geheimnisvolle Weise war es unter dem Sitz durch bis zu ihr nach hinten gerutscht. Sie hob es auf und hielt es ans Ohr.

„Hallo, Lilo, ich bin's, Poppi!"

Der Kontakt war unterbrochen.

# DER GRAUSAME TEST

Der Schmerz hämmerte in Axels Bein. Er kannte diesen Schmerz gut. Beim Lauftraining war er vor einigen Wochen umgeknickt und hatte sich den Knöchel gezerrt. Damals hatte er genau das gleiche gefühlt.

Im Augenblick hatte Axel aber ganz andere Sorgen. Er achtete kaum auf das Ziehen und Stechen im Bein.

Festgeschnallt saß er auf dem weißen Stuhl in dem weißen Raum, vor sich den Computerbildschirm, über den schwarze Streifen liefen.

Seine Arme waren mit breiten Bändern aus nicht zerreißbarem Kunststoff auf den Lehnen fixiert. Er hatte mehrmals versucht loszukommen, war aber kläglich gescheitert. Der Stuhl war ausgezeichnet konstruiert und gebaut. Wer hier einmal gefesselt war, hatte keine Chance, ohne fremde Hilfe freizukommen.

Sein Handy spürte er noch immer seitlich auf der bloßen Haut seines Bauches. Es hatte den Sturz durch die Öffnung überstanden und war nicht aus dem Hemd gerutscht, was Axel wie ein Wunder erschien.

Das grelle Weiß, das ihn umgab, blendete ihn. Er hatte die Augen zu schmalen Schlitzen geschlossen. Obwohl er von der Sinnlosigkeit seiner Aktion überzeugt war, zog und zerrte Axel immer wieder an den Fesseln. Vielleicht gab doch eine nach.

Auf demselben Weg wie Axel wurden nun auch Lilo und Dominik durch die Tiefgarage in den geheimen und raffiniert versteckten und geschützten Bereich des Computerlabors gebracht. Genau wie zuvor ihr Freund hatten sie Leinensäcke über die Köpfe gezogen bekommen, durch die sie nichts sehen konnten.

In Lieselottes Hand befand sich noch immer ihr Handy. Die beiden Männer, die sie entführt hatten, waren nicht sehr achtsam.

Die Knickerbocker leisteten keinen Widerstand, aus Angst, die Männer könnten ihnen wehtun. Den beiden war alles zuzutrauen. Lilo überlegte fieberhaft, was sie unternehmen könnten, kam aber auf keine Idee, die ihr auch nur halbwegs brauchbar erschien.

Hinter Dominik und ihr gaben Türen schmatzende Geräusche von sich, als würden sie sich in den Türrahmen festsaugen. Lieselotte kombinierte, dass sie sich in einem gut abgeriegelten Bereich befinden mussten. Solche automatischen Türen waren schalldicht und sehr sicher.

Die Männer schleiften sie durch einen Flur und nahmen wenig Rücksicht darauf, ob Lilo und Dominik Schritt halten konnten oder stolperten. Gerieten sie ins Wanken, wurden sie wieder hochgerissen und weitergestoßen. Schließlich wurden sie unsanft in einen Raum geschubst.

Hinter ihnen wurde eine Tür mit Nachdruck zugeschlagen und durch das Gewebe der Säcke über ihren Köpfen drang ein kalter Lichtschimmer. Nach einigen Sekunden, in denen rund um sie nichts geschehen war, wagte es Lilo als Erste, den Sack herunterzuziehen.

Vor ihr stand Dominik und ließ hilflos die Arme hängen. Lieselotte befreite ihn von dem Sack. Dann fielen sich die beiden erst einmal in die Arme. Sie kamen sich dabei reichlich dämlich vor, brauchten aber den gegenseitigen Trost.

„Wir sitzen ganz schön tief in der … du weißt schon, wo!“, seufzte Dominik niedergeschlagen und entmutigt.

Lilo nickte langsam und drehte sich einmal im Kreis.

Sie befanden sich in einem fensterlosen, quadratischen Raum, in dem kein einziges Möbelstück stand. Wände und Decke waren weiß gestrichen, der Fußboden mit dunkelgrauem Linoleum ausgelegt. Die Tür hatte weder Schlüsselloch noch Klinke. Neben dem Türrahmen befand sich ein schmales Lesegerät für eine Magnetkarte. Um die Tür zu öffnen, musste eine Karte durchgezogen werden.

Der Anblick ihres Handys gab Lilo neue Hoffnung. Auf der Anzeige waren am linken Rand vier Balken zu sehen. Sie hatte also Empfang.

*Wir müssen die Männer alarmieren, die mit Poppi unterwegs sind!*, dachte Lilo. Sie gab Dominik ein Zeichen, nichts zu sagen. Auch wenn alles kahl wirkte, konnte es Mikrofone geben.

Doch Lilo hatte die Nummer der Männer nicht. Bei ihrem Anruf war sie auch nicht mitgefunkt worden. Die Nummer war also geheim. Sie konnte jetzt nur hoffen, dass die Männer von sich aus versuchten, sie zu erreichen.

*Dämon* hatte sich bei seinem Techniker über Internet bereits gemeldet und gab Anweisungen:

**– Testperson im Testraum?**

**– Ja.**

**– Die beiden anderen möglichen Testpersonen auch bereits geliefert?**

Wieder bestätigte der junge Mann, der heftig schwitzte und sich ständig mit dem Handrücken über die Stirn fuhr. Sein Haar war lang und hätte dringend geschnitten werden müssen. T-Shirt und Jeans waren ausgeleiert und fleckig. Der Techniker war ein Genie am Computer, legte aber auf sein Äußeres wenig Wert. Auf seinem Rücken hatte sich ein großer dunkler Fleck gebildet.

**– Der Test läuft in sieben Phasen ab. Bei Phase eins werden die Grundstufen der Bildfrequenzen erprobt und ihre Wirkung auf die Gehirnströme der Testperson beobachtet. Danach stufenweise die stärkeren Frequenzen von Bildern und Tönen einsetzen und erneut die Auswirkungen auf den Jungen protokollieren.**

Der Techniker schnaufte heftig und fuhr sich mit den Händen durch die Haare. Er zögerte, nahm dann aber allen Mut zusammen und tippte:

**– Wir können bei den Frequenzen ab Stufe fünf für nichts garantieren. Sie können den Men-**

**schen zum Wahnsinn treiben und schwere Gehirnschäden hervorrufen.**

**– Ob die Wirkung tatsächlich eintritt, werden wir bei den heutigen Tests erfahren.**

Noch immer zögerte der Techniker. Von seinem Auftraggeber kam eine weitere Meldung, die ihm Zeit verschaffte.

**– Haben Sie die Computerspiel-Szenen mit den Frequenzbildern versehen, wie ich Ihnen das aufgetragen habe?**

**– Ja, das ist geschehen.**

**– Diese Szenen sollen gleich zu Beginn an dem Jungen getestet werden.**

Entsetzt sog der Techniker die Luft ein. Über eine Videokamera konnte er Axel in dem weißen Raum beobachten. Der Raum war so kahl, um jede Ablenkung der Testperson auszuschließen. Viele Sensoren im Stuhl erfassten Herzschlag, Blutdruck, Gehirnströme und Funktion der inneren Organe des Menschen, der dort saß. Oder gezwungen wurde, dort zu sitzen.

Bisher hatte der Techniker seine Arbeit aus drei Gründen gemacht: Erstens wurde er gut bezahlt, zweitens fand er die Technologie, an der er hier arbeitete, faszinierend und drittens – nun, an den dritten Grund wollte er im Moment nicht denken.

Es war ihm kein einziges Mal in den Sinn gekommen, dass seine Entwicklungen auf Menschen angewendet werden sollten. Vor allem nicht auf junge Menschen wie den Jungen. Oder das Mädchen und den zweiten Jungen, die gerade vorhin gebracht worden waren.

Die Technologie war in sehr geheimen Entwicklungsabteilungen erdacht und programmiert worden. Es handelte sich um Computerprogramme, die das Bild des Bildschirms in ganz bestimmten Frequenzen flackern lassen konnten. In den meisten Fällen bemerkte der Mensch, der vor dem Computer saß, nichts davon. Doch das unmerkliche Flackern war wie ein Schlüssel zu seinem Gehirn. Der Computer oder besser gesagt die Menschen, die ihn programmierten und verkauften, bekamen Macht über die Person, die ihn benutzte.

Es folgten Töne und gesprochene Befehle, die aus den Lautsprechern des Computers kamen und denen sich die Leute nicht mehr entziehen konnten. Alle Schutzmechanismen, die ein Mensch besaß, um sich seinen eigenen Willen zu erhalten, waren beseitigt und er wurde zu einem willenlosen Handlanger, der ausführte, was ihm aufgetragen wurde.

Der Computerdämon, wie ihn Axel erlebt hatte, war ein Anfang gewesen. Damals hatte *Dämon* seinem Unternehmen noch ein Gesicht geben wollen, das sich in die Köpfe der Leute einprägen sollte. Die grässliche Fratze, die Axel bedroht hatte, war eine Kinderei gewesen gegen das, was jetzt ausprobiert werden sollte.

*Dämons* Plan war es, seine Technologie nicht in Computer, sondern in einzelne Computerspiele einzuschmuggeln. Millionen von Menschen konnte er auf diese Weise unter seine Kontrolle bringen. Gleich zu Beginn würde er ihnen alle persönlichen Daten entlocken, wie die grüngesichtige Figur es bei Axel getan hatte. Drohungen würden dazu aber nicht mehr erforderlich sein, da das Flackern des Bildschirmes bereits seine Wirkung getan hätte.

Hatte *Dämon* erst die Daten der Leute, wusste er auch, wo sie zu finden waren. Er konnte sich Zugang zu den Häusern reicher Menschen verschaffen. Er würde nicht einmal selbst stehlen müssen, da er die Leute wie unter Hypnose dazu bringen würde, ihm ihre Wertsachen zu übergeben. Kam er in Kontakt mit Führungskräften von Banken, wollte er sie beeinflussen, Millionenbeträge auf geheime Konten zu überweisen, die ihm gehörten. Es gab keine Grenzen. Und da Computerspiele selbst von Politikern gespielt wurden, würde er sogar auf das Weltgeschehen Einfluss nehmen können.

Der Haken an der Sache war, dass die Technologie nicht wirklich ausgereift war. Als er sie aus den Labors hatte stehlen lassen, waren nur ein paar grundlegende technische Entwicklungen fertig gewesen. Auch nach mehreren Jahren Forschung, in denen er gewaltige Geldbeträge ausgegeben hatte, war die Technik noch immer nicht wirklich tauglich. Getestet worden war sie bisher nur an Tieren, noch nie an Menschen.

Das sollte sich in dieser Nacht ändern.

# POPPIS PLAN

„Ich habe sie!“, hörte Poppi Ivan rufen. „Ich kann sie wieder orten.“

„Was bedeutet das?“, wollte Poppi sofort wissen.

Sergej spähte aus den Augenwinkeln auf den Bildschirm des Laptops, der beim Absturz zum Glück keinen Schaden genommen hatte.

„Ein Handy funkt immer zum nächsten Sendemast“, erklärte er mit knappen Worten. „Über den Computer des Netzbetreibers kann man herausfinden, im Umkreis welchen Sendemastes sich das Handy gerade befindet. Auf diese Weise kann man eine Person orten. Jedenfalls auf etwa einen Kilometer genau.“

So ungefähr verstand Poppi, was gemeint war. Sie hatte es bei ihrem eigenen Handy schon öfter erlebt: Telefonierte sie im Gehen oder wenn sie mit ihren Eltern im Auto mitfuhr, so wurde der Empfang manchmal vorübergehend schlechter und dann mit einem Schlag wieder gut. Oft waren ihr schon die hoch aufragenden Antennen auf Hausdächern aufgefallen.

„Sie befindet sich …“, Ivan hackte auf die Tastatur ein. Das Bild wechselte und ein Stadtplan von Krungendorf erschien auf dem Bildschirm. Poppi sah einen orangefarbenen Punkt blinken. Er war der Mittelpunkt eines orangefarbenen Kreises, der sich in einigem Abstand rundherum zog.

„Das ist die Antenne und das der Umkreis. Im Inneren dieses Kreises befindet sich deine Freundin“, erklärte Ivan.

„Da können wir lange suchen. Die finden wir nie“, stöhnte Poppi. Innerhalb des Kreises befanden sich mindestens zwanzig Straßen mit hundert und mehr Häusern.

„Ich will zu der Stelle, an der sie auf uns hätten warten sollen!“, verlangte Sergej und ließ sich von Poppi die Adresse nennen. Ivan gab sie in ein weiteres Computerprogramm ein, und sofort meldete sich eine säuselnde Frauenstimme aus dem Computer, die den Weg ansagte.

„Kann ich den Umkreis um den Handy-Sender

noch einmal sehen!“, bat Poppi. Ihr war gerade eine Idee gekommen, der sie nachgehen musste.

Ivan konnte per Tastendruck die Karte von vorhin wieder aufrufen. Poppi beugte sich zwischen den Sitzen nach vorn und studierte das Gewirr aus Straßen und Gassen.

„Die Kronstummer-Fabrik ist auch im Kreis“, sagte sie leise. „Wollen Sie nicht dort suchen?“

Sergej und Ivan wechselten einen kurzen Blick, verneinten dann aber. Ihr Ziel war zunächst der Platz, von dem Lilo und Dominik entführt worden waren.

Auf einmal verfärbte sich der Bildschirm knallrot und in großen weißen Buchstaben blinkte SOS. Sofort begann Ivan zu tippen und ein Fenster öffnete sich wie bei einem Chat. Poppi las mit:

– **Tests beginnen mit Kind.**

– **Unbedingt verhindern,** tippte Ivan

– **Kann ich nur für kurze Zeit.**

– **Tun Sie es.**

„Was heißt das?“ Poppi schrie fast. Sie wusste genau, was gemeint war, wollte es aber nicht wahr haben.

Sie erhielt keine Antwort, aber sie sah, was Ivan eintippte:

– **Standort?**

Danach geschah im Chatfenster lange nichts.

**– Honorar?**

Ivan warf die Hände in die Höhe und stieß einen Fluch aus. „Der Mistkerl verlangt sogar jetzt Geld."

„Biete ihm alles!", wies ihn Sergej an. Er schien nicht aus der Ruhe kommen zu können.

**– Wir zahlen jeden Preis!**

Wieder eine lange Pause.

**– Zugänge alle nicht zu öffnen. Kann nichts tun.**

Wieder stöhnte Ivan auf. Sergej, der von der Seite mitgelesen hatte, meinte: „Höchste Sicherheitsvorkehrungen. Alles klar. Wir kommen nicht hinein."

„Sie müssen!" Poppi schlug von hinten auf die beiden ein.

**– Klimaanlagen-Luftansaugstutzen im Hof der alten Bäckerei hinter Müllcontainer.**

„Hä?" Ivan streckte den Kopf ganz nahe an den Bildschirm, als könnte er auf diese Weise verstehen, was sein Informant damit meinte.

Doch Sergej hatte es kapiert. „Rauch. Die einzige Möglichkeit, die Türen in das Labor zu öffnen, ist Rauch. Und das geht nur über das Rohr, durch das die Luft der Klimaanlage angesaugt wird."

„Bäckerei", murmelte Poppi. Erik Kronstummer hatte also tatsächlich mit der Sache zu tun. Schnell nannte sie den Männern die Adresse der Bäckerei und das Navigationssystem leitete sie.

Der Wagen wendete knapp vor dem Ziel in der Straße, in der sich Erik Kronstummers Villa befand. *Dämon* beobachtete ihn und schöpfte sofort Verdacht. Er hatte schon lange den Eindruck, ein Maulwurf könnte sich in seinem Unternehmen befinden und es gefährden. Er wusste auch, wer am verdächtigsten war, und würde den Mann sicherheitshalber sofort entfernen lassen. Wieder meldete er sich über das Internet bei seinen Handlangern.

Mit quietschenden Reifen hielt Sergej vor dem Tor der alten Bäckerei. Ivan sprang heraus und kletterte über die Mauer, als wäre er eine Fliege mit Haftfüßen. Poppi und Sergej, die ausgestiegen waren, hörten ihn auf der anderen Seite hinunterspringen. Nicht einmal eine Minute später war Ivan zurück.

„Ich habe das Rohr gefunden. Rauchkapseln hineinzuwerfen ist sinnlos. Das Rohr ist mindestens zweihundert Meter lang." Er hielt ein stabförmiges Gerät in die Höhe, mit dem er die Länge festgestellt hatte.

Sergej hatte den Kofferraum geöffnet, der randvoll mit Metallkisten und Koffern war. Aus einem holte er daumengroße Kapseln.

„Das sind die Rauchkapseln mit Fernzünder."

„Sie müssen so weit wie möglich in das Rohr. Aber wie wir sie hineinbekommen, weiß ich nicht." Ivan drehte den Kopf zur Seite, als könnte er auf diese Weise besser nachdenken.

Unter Poppis Jacke bewegten sich Max und Moritz.

„Meine Ratten … wenn sie nicht verletzt werden, dann können sie tief in das Rohr kriechen. Sie gehorchen ganz gut."

Sergej warf einen Blick auf die pelzigen Köpfe mit den rosa Nasen und den wachsamen Augen.

„Wir könnten die Patronen an ihnen befestigen. Ich habe Bänder, die wir per Fernsteuerung öffnen können. Meinst du wirklich, sie laufen in das Rohr?"

„Das ist ihr liebstes Spiel!", erklärte Poppi. „Daheim habe ich lange Plastikrohre ausgelegt, die mir ein Elektriker geschenkt hat. Es sind Rohre für Kabel und Drähte. Max und Moritz kriechen an einem Ende hinein und laufen, laufen, laufen."

„Und sie kommen zurück, wenn du sie lockst?"

Poppi nickte. „Sie hören auf ihre Namen und auf Pfiff."

„Dann versuchen wir es also." Sergej öffnete eine Kiste und kramte darin.

„Sind Sie so etwas wie Geheimagenten?“, wollte Poppi wissen.

Ivan und Sergej lachten. „Kannst es dir aussuchen. Wenn du willst, dass wir Geheimagenten sind, dann sind wir welche.“

Diese Antwort fand Poppi sehr dumm, aber es gab jetzt Wichtigeres, als sich darüber zu ärgern.

# RETTUNGSVERSUCH

Der Techniker, der den Test an Axel ausführen sollte, witterte, dass etwas nicht stimmte. Als er die stapfenden Schritte der beiden Männer auf dem Gang näher kommen hörte, wusste er, dass sein doppeltes Spiel aufgeflogen war. Die Tätigkeit als Maulwurf war der dritte Grund gewesen, weshalb er bei dem Unternehmen mitgemacht hatte. So hatte er die Möglichkeit, doppelt abzukassieren, und Geld war es, was er dringend brauchte.

Jetzt aber war sein ganzes Geld nichts mehr wert. Sein Leben war in Gefahr und er wusste, dass er das Labor nicht einfach verlassen konnte. *Dämon* hatte allergrößte Sicherheitsvorkehrungen getroffen. Jeder, der sich in seinen Schlafraum zurückziehen wollte, musste sich dazu abmelden, sonst blieben die Türen für ihn verschlossen. Versuchte er gewaltsam, das Labor zu verlassen, bezahlte er im schlimmsten Fall mit dem Leben.

Wo blieb der Rauch? Wenn die Agenten, für die er arbeitete, Rauchalarm auslösen konnten, würden die Türen automatisch geöffnet werden. Das wusste er.

Rauch und Feuer waren der einzige Grund für *Dämon*, seine Mitarbeiter freizulassen.

Der Mann sprang auf und verriegelte die Tür zu dem Raum, in dem er arbeitete. Er riss eine Bodenplatte auf, die den Blick in einen etwa eineinhalb Meter hohen Hohlraum freigab. Dort verliefen Kabel in dicken Strängen von Raum zu Raum, von Computer zu Computer. Der Mann sprang hinein und schob über sich die Platte wieder an ihren Platz zurück.

Die zwei Killer würden ihn nicht kriegen. Jedenfalls nicht so schnell und nicht so einfach. Er kämpfte sich gebückt durch den dunklen Hohlraum und orientierte sich an den dünnen Lichtstreifen, die alle paar Meter von oben kamen. Sie drangen durch die schmalen Ritzen zwischen Boden und Abdeckung der anderen Räume.

Er zählte mit, um sich zu orientieren. Zu seiner Erleichterung schienen die Verfolger nicht bemerkt zu haben, auf welchem Weg er seinen Arbeitsraum verlassen hatte.

Axel, Lilo und Dominik fielen dem Mann ein. Obwohl sein einziger Gedanke normalerweise das Geld war, schaffte er es nicht, sie einfach zurückzulassen. Das konnte er nicht. Unter keinen Umständen. Nie wieder in seinem Leben würde er sich im Spiegel ansehen können, wenn er jetzt die Kinder im Stich ließ.

Seinen Berechnungen nach musste er sich unter dem Nebenraum des Zimmers befinden, in dem die Kinder gefangen gehalten wurden. Das Testlabor mit dem Jungen war nur ein paar Schritte entfernt. Der Mann stemmte die Platte mit den Händen in die Höhe und schob sie zur Seite. Der Raum war verlassen – sein Kollege schlief bereits. Nachdem er sich keuchend aus der Öffnung geschwungen hatte, lief er zur Tür, öffnete sie einen schmalen Spalt und spähte auf den Flur.

Niemand war weit und breit zu sehen. Er fingerte seine Magnetkarte aus der ausgebeulten Hosentasche und flehte, sie möge noch nicht gesperrt sein. Mit wenigen Schritten war er an der Tür zum Nebenraum und zog die Karte durch das Lesegerät neben dem Türrahmen.

Nichts.

Er versuchte es erneut.

Wieder blieb die Tür verschlossen.

„Bitte geh auf!“, flüsterte er verzweifelt.

Beim dritten Versuch ertönte ein leises Klicken und die Tür wurde entriegelt. Er zog sie auf und gab Lilo und Dominik, die eng aneinandergedrängt in der Mitte des Raumes standen, ein Zeichen herauszukommen.

Die beiden zögerten.

„Ich tu euch nichts, ich will euch helfen. Wir müssen raus!“, zischte der Mann aufgebracht.

Da die Knickerbocker sich noch immer nicht bewegten, stürmte der Techniker weiter. Auch beim Testraum musste er die Karte mehrmals durch das Lesegerät ziehen, bis die Tür endlich aufsprang. Er löste die Fesseln des verdutzten Axels.

„Raus und mitkommen!“, hörte Axel den Mann flüstern.

Während er ihm die steile Treppe nach unten folgte – er hinkte stark -, hatte *Dämon* über seinen Computer geortet, wo sich der flüchtige Maulwurf befand. Bei jeder Benutzung der Magnetkarte hinterließ er eine Spur, und so war es für *Dämon* eine Kleinigkeit, ihn aufzuspüren. Er teilte seinen Handlangern den Standort des Maulwurfs sofort mit.

Doch als der Stämmige und der andere den Versuchsraum erreichten, war von Axel und dem Techniker keine Spur mehr.

Erst als Dominik und Lilo ihren Freund Axel bei dem Mann gesehen hatten, trauten sie ihm und folgten ihm.

Nun kauerten sie im Hohlraum unter dem Boden, umgeben von summenden Kabeln, über sich das Dröhnen der Schritte der beiden Männer, die hektisch auf und ab liefen.

„Weg von hier“, raunte ihnen der Mann zu und führte sie weiter. Axel konnte sich nur mit zusammengebissenen Zähnen bewegen. Die Schmerzen raubten ihm fast den Atem.

Die Verfolger brauchten nicht lange um herauszufinden, wie es die drei Kinder und der Maulwurf geschafft hatten, scheinbar spurlos zu verschwinden. Der Stämmige riss eine Bodenplatte so heftig in die Höhe, dass er damit einen Computer traf und den Bildschirm zertrümmerte. Mit einem Aufschrei sprang er in den Hohlraum. Entkamen der Techniker und die Kinder, würde *Dämon* kein Mitleid mit ihm und seinem Kollegen haben.

Im Hohlraum hatten sich die Knickerbocker und der Techniker schon weit von der Einstiegstelle, die sie benutzt hatten, entfernt.

„Wo geht es raus?“, wollte Lilo wissen.

„Gar nicht, uns kann nur ein Wunder retten!“, antwortete ihr Retter mit gepresster Stimme.

Die Verfolger waren nur sehr entfernt und gedämpft zu hören, doch die Lage der drei Freunde und ihres Retters war aussichtslos. Hier unten gab es kein Versteck. Sie würden gefunden werden, und selbst wenn sie sich wieder nach oben retteten, nützte ihnen das gar nichts.

Schritte und Stimmen näherten sich. Viel schneller, als sie gedacht hatten.

# LETZTE NACHRICHT

*Dämon* konnte über seinen Computer verfolgen, was in seinem Unternehmen vorging. Leider hatte er im Hohlraum, in dem die Kabel verlegt waren, nur wenige Kameras installieren lassen. Aus diesem Grund sah er immer wieder für längere Zeit nicht, wo sich der Maulwurf und die drei Testobjekte befanden.

Im Augenblick hatte er sie genau im Bild und weidete sich an ihrer Angst. Seine Männer würden sie einholen und schnappen. Es gab kein Entkommen.

Poppi pfiff und pfiff und pfiff. Max und Moritz waren, genau wie sie es gedacht hatte, sofort in das Rohr gestürmt. Die Rauchkapseln trugen sie umgeschnallt bei sich. Die Männer und Poppi warteten, und mit Hilfe der Fernsteuerung für die winzigen Transportgurte und die Rauchkapseln konnte Ivan genau verfolgen, wie viele Meter die Ratten bereits zurückgelegt hatten. Als Ivan fand, dass sie sich knapp vor der Mündung in die Klimaanlage befinden mussten, löste er per Knopfdruck den Verschluss der Traggurte und die Rauchkapseln fielen ab. Gleichzeitig rief und pfiff Poppi nach ihren Ratten.

Doch sie kamen nicht zurück.

„Es sind jetzt doppelt so viele Minuten vergangen, wie die Tiere für die Strecke hin benötigt haben", stellte Sergej fest.

„Ich weiß nicht, wo sie bleiben", jammerte Poppi.

„Wir müssen die Kapseln zünden. Deine Freunde sind in Lebensgefahr!", sagte Ivan drängend.

Poppi zögerte keine Sekunde, sondern nickte schweren Herzens. Sie hatte keine andere Wahl, auch wenn sie es sich nie, nie, nie würde verzeihen können.

Ivan drückte die Knöpfe auf dem schwarzen Kästchen und hielt das Ohr an das Rohr.

„Die Rauchkapseln müssten gezündet haben. Wenn wir Glück haben, gibt es jetzt irgendwo in der Nähe Feueralarm!"

Die beiden Agenten und Poppi warteten und warteten. Doch weder eine Sirene war zu hören noch ein Alarmlicht zu sehen.

Sekunden verstrichen und wurden zu Minuten.

Die Strecke zur Klimaanlage war weit länger, als Ivan gedacht hatte. Die beiden Kapseln verströmten schweren, schwarzen Qualm, der stank und in den Augen brannte. Er war stark konzentriert und würde durch das Gebläse der Klimaanlage zwar etwas abgeschwächt werden, trotzdem aber hochwirksam bleiben.

Und dann strömte er zwischen den Lamellen der Lüftungsgitter heraus. So schnell und so überraschend, dass jeder, der den Rauch roch, ihn für Anzeichen eines Großbrandes im Labor hielt.

Es wurde Alarm geschlagen, doch davon bekam man draußen nichts mit. Auf allen Bildschirmen leuchtete ALARM auf, ein Weiterarbeiten war nicht möglich. Die Techniker und Computerprogrammierer, die auch in der Nacht tätig waren, verließen hustend ihre Arbeitsräume.

Die Türen nach draußen wurden automatisch entriegelt.

Unten im Hohlraum hörten die Knickerbocker und der Maulwurf das Getrampel über sich. Sofort

steuerten sie die nächste Bodenklappe an und stießen sie auf.

Als die beiden Handlanger von *Dämon* sich der Stelle näherten, an der sich der Maulwurf und die drei Freunde gerade noch aufgehalten hatten, waren diese bereits an einem Ausgang und rannten mit anderen in ein kaltes, hallendes Treppenhaus.

Die Verfolger gaben trotzdem nicht auf, sie wollten ihren Auftrag unbedingt ausführen.

Axel musste von Lilo und Dominik gestützt werden, weil er mit dem rechten Fuß nicht mehr auftreten konnte. Der Maulwurf, der sich wie ein Held fühlte, machte sich ohne Verabschiedung aus dem Staub.

Lilo hörte hinter sich schwere, schnelle Schritte, die nichts Gutes vermuten ließen. Sie warf einen

Blick zurück und sah die beiden Männer hinter sich. Wut durchzuckte sie. Wut und Verzweiflung nach allem, was sie durchgemacht hatte. Sie hielt sich am Geländer fest, holte mit dem Fuß aus und trat dem Stämmigen mit aller Wucht gegen das Schienbein. Der stöhnte vor Schmerz auf und taumelte. Dominik erkannte die Chance, packte ihn am Jackenaufschlag und riss ihn nach vorn. Kopfüber stürzte der Mann die Treppe hinunter. Sein Kollege, der dicht hinter ihm war, wollte ihm zu Hilfe eilen, griff aber in die Luft, verlor das Gleichgewicht und stolperte im nächsten Augenblick über Lilos ausgestrecktes Bein.

Bevor die Männer wieder auf die Füße kamen, hatten die Knickerbocker das Haus bereits verlassen und kämpften sich durch die Nacht bis zur Straße.

Lilo brauchte nicht lange, um sich zu orientieren. Sie waren in der Straße, in der auch die alte Bäckerei lag. Rund um sie herum erhoben sich biedere Wohnhäuser, alle gleich gebaut und langweilig. Das Haus, aus dem sie gekommen waren, reihte sich vollkommen darin ein. Es war völlig unauffällig. Niemals wäre man auf die Idee gekommen, dass es höllische Laboratorien beheimatete.

„Lilo! Dominik! Axel!“, hörten die drei Poppi rufen. Ihre Freundin kam die Straße herunter auf sie zugestürmt. Lilo breitete glücklich die Arme aus, um Poppi zu drücken, diese aber wehrte ab. Sie deutete auf ihre Jacke, die sich bauschte.

„Eure Retter, Max und Moritz, sind doch noch zurückgekehrt! Sie ruhen sich gerade aus und hoffen auf viele Kekse von euch als Dankeschön."

Es war geradezu gespenstisch. Alle Techniker und Programmierer, die in dem Gebäude gearbeitet hatten, waren wie vom Erdboden verschluckt. Alle besaßen aufklappbare Handys, mit denen auch im Internet gesurft werden konnte und über die sich *Dämon* bei ihnen meldete. Er gab den Befehl, die Operation abzubrechen und zu verschwinden. Alle Daten wurden bereits automatisch auf einen Großrechner überspielt, von dem er sie später abrufen konnte. Das Versteck des Rechners kannte nur er.

Ivan und Sergej war anzusehen, wie sehr sie sich über die Rettung der Bande freuten. Es war ein Uhr morgens, und sie wollten die vier sofort nach Hause fahren. Axel rief bei seinem Vater an, um ihn zu beruhigen, doch Herr Klingmeier hob nicht ab.

„Erik Kronstummer ist der Kopf dieser Wahnsinnigen!", platzte Poppi heraus. Lilo und Dominik glaubten das auch, waren aber nicht sicher. Axel hatte keine Meinung dazu.

„Sie müssen ihn schnappen!“, meinte Poppi aufgeregt.

„Überlasst das ruhig mir“, meinte Sergej. „Ihr geht nach Hause.“

Er duldete keinen Widerspruch. Ivan verstaute die Bande im Wagen und schob sich hinter das Steuer. Lilo bemerkte, dass er die Kindersicherung der Türen aktiviert hatte und sie die Türen von innen nicht mehr öffnen konnten.

Um zwei Uhr lagen die Knickerbocker völlig erschöpft in den Betten. Vor Aufregung war an Einschlafen aber nicht zu denken. Um halb drei hörten sie endlich, wie die Tür aufgeschlossen wurde und Herr Klingmeier heimkam. Als er vorsichtig in ihr Zimmer blickte, stellten sie sich schlafend.

Erst am Sonntagnachmittag wurden die vier munter. Axels Vater war auch gerade erst aufgestanden. Gähnend entschuldigte er sich, dass er so spät nach Hause gekommen war.

Die Knickerbocker-Bande und er saßen gerade beim Frühstück, als es an der Haustür läutete. Herr Klingmeier öffnete und stand zwei Männern gegenüber, die große Pappkartons in den Armen hielten.

„Guten Tag, wir liefern den Computer, den Axel Klingmeier gewonnen hat“, erklärten sie.

Die Bande erkannte Sergej und Ivan sofort, verstand aber auch deren Zeichen, so zu tun, als würde sie ihnen zum ersten Mal begegnen.

In Axels Zimmer stellten die beiden Männer den Computer ab und verabschiedeten sich.

„Was ist mit Kronstummer?“, fragte Lilo leise.

„Wir informieren euch. Schaltet das Gerät ein!“, raunte ihr Ivan zu.

Es war eine Kleinigkeit für Axel, die Teile des Computers zusammenzustecken und den Rechner hochzufahren. Gleich nach dem Start erschien folgende Textdatei:

**Schnell lesen, denn diese Nachricht zerstört sich in wenigen Sekunden.**

Neugierig beugten sich die vier zum Bildschirm.

***Dämon* nannte sich der Kopf des Unternehmens und er heißt nicht Erik Kronstummer. Die Mitarbeiter, die er auf raffinierte Weise angeheuert hat, sind alle bereits außer Landes, das Computerlabor ist tatsächlich einem Brand zum Opfer gefallen, den *Dämon* ausgelöst hat.**

**Von der alten Bäckerei aus hat er sich einen Geheimgang zu dem Wohnhaus bauen und dieses mit dem hoch gesicherten Computerlabor ausstatten lassen. Keinem der Nachbarn ist etwas aufgefallen. Es sah immer so aus, als würden ganz normale Leute dort leben. *Dämon* ist mit**

allen Wassern gewaschen und äußerst gewitzt vorgegangen.

*Dämons* wahrer Name lautet Edgar Kronstummer. Sein Lebensziel war es, der ewig nörgelnden Mutter zu beweisen, dass er zu Großem fähig war. Da sich sein Sohn völlig dem Entwickeln von Computerspielen verschrieben hatte, kam er auf die Idee, sich eine gefährliche Technologie, von der er durch Zufall erfahren hatte, zu besorgen und weiterzuentwickeln, um sie in die Spiele einzuschmuggeln, was auch durchaus möglich gewesen und nicht weiter aufgefallen wäre.

Erik Kronstummer hat das doppelte Spiel seines Vaters vergangene Nacht durchschaut. Dank eurer Hilfe und eurem unerlaubten Eindringen in sein Haus. Ihr seid die ganze Zeit gefilmt worden. Erik selbst war mit Freunden tanzen. Die Kameras setzen sich in Betrieb, wenn jemand ohne den entsprechenden Code das Haus betritt. Die Fernsteuerung allein ist zu wenig.

Eriks Vater besaß beides und war regelmäßig ohne Wissen und Erlaubnis seines Sohnes in dessen Haus. Er scheint auch diesmal gekommen zu sein, um euch entweder zu fassen oder auch nur zu erschrecken. Die Kameras, die euch aufnahmen, haben auch ihn erfasst.

**Edgar Kronstummer ist seit der vergangenen Nacht verschwunden. Wir vermuten, dass er unter falschem Namen in einem anderen Land untertauchen wird. Die Daten, die er retten wollte, sind aber zum Glück verloren. Wir haben über den Computer in seinem Arbeitszimmer einen Virus ausschicken können, der alles zerstören wird.**

**Die Nachricht ist damit zu Ende und wird in zehn Sekunden verschwunden sein.**

**Wir gratulieren zu eurer Leistung. Gleichzeitig raten wir euch, in Zukunft ungefährlichere Hobbys zu betreiben.**

**Sergej und Ivan – oder wie immer ihr uns nennen wollt.**

Die Knickerbocker-Bande hatte gerade den letzten Satz gelesen, als das Dokument verschwand, als wäre es nie da gewesen.

„Ein unfassbarer Fall“, murmelte Dominik.

Axel sah es praktischer: „Hauptsache gelöst!“

Da konnten ihm die anderen nur zustimmen. Und obwohl sie hundemüde waren und Axels Bein scheußlich wehtat, hofften sie bereits ein klein wenig auf den nächsten Fall.

# DER KNICKERBOCKER-BANDENTREFF

**Werde Mitglied im Knickerbocker-Detektivclub!**
**Unter** www.knickerbocker-bande.com **kannst du dich als Knickerbocker-Mitglied eintragen lassen. Dort erwarten dich jede Menge coole Tipps, knifflige Rätsel und Tricks für Detektive. Und natürlich erfährst du immer das Neueste über die Knickerbocker-Bande.**

**Hier kannst du gleich mal deinen detektivischen Spürsinn unter Beweis stellen – mit der Detektiv-Masterfrage, diesmal von Axel:**

HI LEUTE,

diese Fratze, die da mitten in der Nacht aus meinem neuen Computer kam, hat mir echt einen Mordsschrecken eingejagt. Ihr könnt euch ja vorstellen, dass ich den Rechner am liebsten sofort wieder zurückgegeben hätte. Aber Lilo war dagegen – von wegen Beweismittel und so. Na ja, hab ihn halt behalten. Diesem Gerry, der mir das Ding untergejubelt hat, wollte ich aber trotzdem auf den Zahn fühlen. So ganz geheuer war mir der Typ von Anfang an nicht. Aus dem habe ich jedoch nichts rausbekommen.

Also haben Lilo, Dominik, Poppi und ich auf eigene Faust ermittelt und sind mal wieder ziemlich schrägen Leuten begegnet. Dieser Edgar Kronstummer war echt die Krönung. Dass der richtig gefährlich ist, haben wir ja schon bei unserem Besuch im Glashaus festgestellt. So, jetzt aber Schluss, bevor ihr anfangt euch zu langweilen. Hier meine Frage:
In welcher Beziehung stehen Erik Kronstummer und Edgar Kronstummer zueinander?

Die Lösung gibt's im Internet unter
**www.knickerbocker-bande.com**
*Achtung:* Für den Zutritt brauchst du einen Code.
Er ergibt sich aus der Antwort auf folgende Frage:

Was bedeutet der Begriff „daddeln"
in der Computerspieler-Sprache?

| **Code** | |
|---|---|
| **70498** | anschleichen |
| **98470** | herumalbern |
| **47098** | spielen |

Und so funktioniert's:
Gib jetzt den richtigen Antwortcode auf der Webseite unter **MASTERFRAGE** und dem zugehörigen Buchtitel ein!

Wir sehen uns,
dein
Axel

DIE
KNICKERBOCKER
BANDE

DIE
KNICKERBOCKER
BANDE
THOMAS BREZINA
DER TURM DES HEXERS
Ravensburger

DIE
KNICKERBOCKER
BANDE
THOMAS BREZINA
WENN DER GEISTERHUND HEULT
Ravensburger

Ravensburger Bücher

**Thomas Brezina**

## Das Haus der Höllensalamander

Band 38

Rachedurstige Geister? Eigentlich wollten die vier Freunde nur Ferien machen, aber an ihrem Urlaubsort in der Karibik scheint ein Poltergeist sein Unwesen zu treiben ...

ISBN-10 3-473-**47083**-X
ISBN-13 978-3-473-**47083**-9

**Thomas Brezina**

## 13 blaue Katzen

Band 42

Katz und Maus?
Das Geständnis eines Milliardärs, eine verschwundene Pianistin und 13 blaue Katzen geben den vier Freunden Rätsel auf.

ISBN-10 3-473-**47084**-8
ISBN-13 978-3-473-**47084**-6

www.knickerbocker-bande.de

Ravensburger

HC_05_004

Ravensburger Bücher

**Thomas Brezina**

## Die Rache der roten Mumie

Band 17

Zurück in die Vergangenheit?
In Ägypten erwartet die vier Freunde eine böse Überraschung: In einem unterirdischen Grab erwacht plötzlich eine Mumie zum Leben!

ISBN-10 3-473-**47085**-6
ISBN-13 978-3-473-**47085**-3

**Thomas Brezina**

## Im Wald der Werwölfe

Band 36

Wandeln mit Werwölfen?
Axel nimmt an einem Sportwettbewerb in den USA teil – doch im Camp treiben finstere Gestalten ihr Unwesen ...

ISBN-10 3-473-**47087**-2
ISBN-13 978-3-473-**47087**-7

www.knickerbocker-bande.de

Ravensburger

HC_05_003

## Ravensburger Bücher

**Thomas Brezina**

### Der unsichtbare Spieler

Band 48

Axel spielt begeistert Fußball im Verein. Eines Tages wird er zu Unrecht beschuldigt, einen Mitspieler gefoult zu haben. Steckt tatsächlich ein unsichtbarer Spieler hinter dem Angriff?

ISBN-10 3-473-**47093**-7
ISBN-13 978-3-473-**47093**-8

**Thomas Brezina**

### Das Mädchen aus der Pyramide

Band 62

Die Knickerbocker begleiten Dominik bei Dreharbeiten in Ägypten. Doch aus dem erhofften Ferienspaß wird bald ein unheimlicher neuer Fall. Wer ist das seltsame Mädchen aus der Pyramide?

ISBN-10 3-473-**47090**-2
ISBN-13 978-3-473-**47090**-7

www.knickerbocker-bande.de

Ravensburger

HC_05_007